KB273876

죽는 아버지 곁에 누워

죽는 아버지 곁에 누워

죽는 아버지 곁에 누워

평범한 직장인이 아버지를 떠나보내던 시간

초 판 1쇄 2026년 02월 06일

지은이 황일하
펴낸이 류종렬

펴낸곳 미다스북스
본부장 임종익
편집장 이다경, 김가영
디자인 임인영, 윤가희, 윤영빈
책임진행 안채원, 이예나, 김은진, 국소리, 송가희, 이지영

등록 2001년 3월 21일 제2001-000040호
주소 서울시 마포구 양화로 133 서교타워 711호, 808호
전화 02) 322-7802~3
팩스 02) 6007-1845
블로그 http://blog.naver.com/midasbooks
전자주소 midasbooks@hanmail.net
페이스북 https://www.facebook.com/midasbooks425
인스타그램 https://www.instagram.com/midasbooks

© 황일하, 미다스북스 2026, *Printed in Korea*.

ISBN 979-11-7355-713-2 03810

값 17,500원

미다스북스는 다음세대에게 필요한 지혜와 교양을 생각합니다.

죽는 아버지 곁에 누워

평범한 직장인이 아버지를 떠나보내던 시간

황일하 지음

죽는 아버지 곁에 누워

미다스북스

들어가며   알고 보면 모두가 여린

가냘픈 이들을 기꺼워하기를   06

1부   병동

1 입관은 슬프지 않았다   13

2 무언가가 시작되었다   20

3 병식, 지남력, 섬망   25

4 창문 없는 병동에서   33

5 아버지가 외롭다고 생각하지 않았다   39

2부   회상

1 놓이는 순간   49

2 아버지를 씻겨드렸다   54

3 평범함이 사라지지 않기를   61

4 아버지의 집은 시간이 멈췄다   68

5 엄마, 사실은 보고 싶었어   74

6 부양의무자 부양불이행 사유서   82

3부　죽음

1　감정으로 아픈 것과는 다른　91

2　그저 울고 싶지 않았던 것이다　97

3　죽는 아버지 곁에 누워　102

4　듣지 못한 말　110

5　인생의 중요한 순간들은 병원에서　118

4부　괴리

1　먹고 싶다는 것은 슬픈 일이다　131

2　85년생 한여름　135

3　행성 여행자　142

4　그만하자는 말　148

5부　이해

1　계절의 기록　157

2　밥을 먹는 기록　164

3　다시 모든 것의 처음으로　172

4　장례의 추억　178

5　밤들을 헤아렸다　184

알고 보면 모두가 여린
가냘픈 이들을 기꺼워하기를

나는 직장인이다. 하루의 8시간을 빼곡히 수많은 회의와 리뷰, 피드백과 기획안 작성으로 보낸다. 직장인으로의 정체성은 나의 오롯한 하루를 매일매일 차곡히 가져간다.

이것은 그 삶에 아주 조그만 다름이 있었던 시기에 대한 일들이다. 아주 조금만 달랐고 크게 다르지는 않았다. 여전히 수많은 회의를 했고, 리뷰와 기획안과 회사 이야기들로 하루를 보냈다. 그리고 아주 조그만 시간을 내어 병원에 누운 아버지에게 전화를 걸어 무엇이라도 즐거운 이야기를 해보려 노력했다. 주말이면 병원에 방문하고, 또 그러다 아버지가 쓰러지면 며칠간 병원에서 잠을 자고, 그리고는 다시 회사에 가서 회의를 했다.

　이제와 그 시간이 그리울 줄을 몰랐다. 병원은 죽음의 그림자로 가득하다. 내 눈에는 죽는 사람들만 보였다. 아버지도 그곳에서 더는 이어지지 않는 삶의 계획을 마무리했다. 내가 태어났을 때도, 내가 어렸을 때도, 나와 누나를 엄마도 아빠도 없는 시골집에 두고 돌아서야 했을 때도 아버지의 고민과 계획은 쉽지 않았을 것이다. 그 모든 것은 병원에서 마무리되었다. 그것은 무척이나 조용했다.

　아버지는 중증 치매 수준의 인지 저하와 언어 상실 속에서 1년 반 동안 내 곁을 머물다 죽었다. 인지 저하와 언어 상실은 아버지를 조용하게 했다. 아버지는 아무 말도 전하지 않았고, 나도 아무것도 묻지 않고 모든 것을 마무리했다. 내가 태어날 때, 내가 어릴 때, 나를 시골집에 놓고 떠날 때에 어떤 고민을 했는지 묻지 않았다.

　병원에 있으면 알게 된다. 안타깝고 가냘픈 사연들은 나뿐만이 아니라는 것을. 아버지 옆자리의 사람도 죽을 것이며, 그 옆자리의 사람도 죽을 것이다. 그중 누군가는 살아서 이 병실을 나가겠으나, 그 또한 삶을 장담할 수 없다. 그 병원에서 어쩌다 창밖이라도 바라보면 병원이 아닌 삶은 아름답기만 한 것이라는 생각이 들었다.

그래서 나는 종종 부고 문자에 설렌다. 삶의 일들을 잠시 내려놓고 장례식에 갈 수 있고, 병원에 갈 수 있는 것이다. 직장인인 나는 아버지가 돌아가실 때 반차를 낼지, 연차를 낼지 고민하고 있었고, 삶은 지금과 크게 다르지 않았다. 다만, 병원에 있는 시간만큼은 죽음에 대해서 생각하고, 삶의 가냘픔에 대해서 생각했다.

가냘픈 것들은 아름답기만 하다. 그 아름다움을 여기서 조금 들여다볼 수 있기를 바란다. 여기에는 그렇게 눈물겹거나, 대단한 간병의 이야기가 없다. 아마도 병원의 수많은 사람들 중 하나였을 한 환자와 한 간병인에 대한 이야기이다. 아니면 오늘 회의실에서 당신을 지루하게 만든 누군가 중 한

명에 대한 이야기이거나, 자전거를 타고 지나가는 초로의 아
저씨에 대한 이야기이기도 하다.

모두가 삶에 너그러워지기를. 알고 보면 모두가 여린 가냘
픈 이들을 기꺼워하기를. 나와 같이 부고 문자를 기다리기를.

1부

병동

"그때의 나는 정확히 낙관적이었는지 비관적이었는지 기억이 나지 않는다. 그 모두였던 것 같다. 나는 아버지의 시간이 이미 멈췄다는 것을, 여전히 모르고 있었다."

입관은
슬프지 않았다

입관은 슬프지 않았다. 아니, 슬프지 않은 것은 아니었다. 하지만 많은 이들이 그러리라고, 나 자신도 그러리라고 생각했던 것만큼 슬프지는 않았다. 장례지도사가 거듭 "마지막 말을 건네라.", "마지막 인사를 해라."하는 것이 내키지 않았다. 이제 너는 슬플테니 어서 슬퍼하거라 하는 것이 나의 슬픔을 틀어막았다.

처음 이 안치실에 왔을 때를 생각했다. 아마도 20시간 정도 전이었던 것 같다. 그전까지 아버지는 응급실 병상에서 누워 있었고, 나는 그 옆에 앉아 있었다. 아버지가 돌아가신 이후에도 꽤 오랜 시간 동안.

아버지가 죽었다는 사실은, 그렇게 병상 옆에 앉아 있으면 실감이 나지 않았다. 너무나 오랜 시간을 그렇게 옆에 앉아 있었고, 다르지 않았다. 아침, 병원에서 손을 잡으면서 '오늘은 손이 좀 차네.'라고 생각했던 정도의 온기가 그대로 남아 있었다. 다만 나는 좀 더 애틋하게 아버지를 바라보았다. 아버지가 죽는다는 것을 오래전부터 알고 있었다. 그것은 결정된 운명이었고, 조금씩, 아주 조금씩 간격을 좁히며 다가와 오늘 아침에는 그것이 그렇게 멀지 않은 일이라는 것을 느낄 수 있었다. 그러나, 그것은 이 순간 내가 돌아가신 아버지와 함께 병상에서 앉아 있게 될 것이라는 것을 알게 하진 못했다. 오히려 그것은 정말로 뜻밖이었다. 아이러니하게도 아버지가 죽는다는 것을 알았지만 정말로 죽는 것을 전혀 생각지 못했다.

응급실 안에서의 죽음은 조용했다. 옆에 있는 환자는 지금 옆에 시신이 누워 있다는 것을 알까. 안다면 어떤 기분이 들까 싶을 정도로. 병상의 커튼을 치고, 오늘 아침부터 그랬던 것과 같이 아버지의 손을 잡고, 얼굴을 간혹 어루만지며 조용히 앉아 있을 따름이다. 아버지는 밥을 먹지 못한지가 몇 개월이 넘었고, 아무 말을 하지 못한 지 조금 되었고, 며칠 전부터는 무엇을 인지하고 있는지 분간할 수 없었다. 거친 숨을 누워 쉬는 것 외에는 아무것도 하지 못했던 조금 전과 지금은, 가쁜 숨소리 외에는 다르지 않은 것만 같았다. 나는 여러 가지 고민들을 했다. 오전 반차를 내고 나왔는데 길어 지는 응급실 대기시간을 보며 회사를 돌아가야 할지, 말아야 할지 생각했다. 진료를 보면 여기에 입원을 하라고 할까, 입 원을 하라면 순순히 입원을 할까, 예약되어 있는 호스피스에 들어갈 테니 그냥 원래 있던 병원으로 돌아간다고 할까. 그 리고 그런 고민들을 얼마나 이해하는지 모를 아버지에게 "역 시 대학병원 응급실은 오래 걸리네요. 오늘 중에 뭐가 되기 야 하겠죠."라고 간추려 말했다. 그렇게 말했던 조금 전과 지 금은 병상의 커튼을 조금 더 신경 써서 잘 닫아 놓은 것 외에 는 다르지 않아 보였다. 그러나 아버지는 이제 세상에 없고, 조금 전의 고민들도 이제는 다 없다.

의사가 찾아와 몇 개월간 아버지 속에 심어져 있던 관들을 꺼내 갔다. 그것이 아버지의 안으로 들어갈 땐 얼마나 어려웠는지를 생각했다. 그보다 전에는 얼마나 많은 일들이 아버지를 어렵게 했는지를 생각했다. 그중에 가장 아버지를 어렵게 한 것은 나와 누나였을 것이다. 내 키가 1미터도 안 되는 때에, 누나는 나보다 더 작았을 때에 아버지는 이불을 부둥켜안고 우는 나를 할머니 집에 두고 서울로 갔다. 서울에서 아버지는 보일러를 고치고, 도배를 하고, 수도를 고치며 어린 나를 어찌해야 할지 고민했을 것이다. 쉽게 크지 않는 나를 아버지는 어려워했을 것이다. 아버지 속에 심어진 관들처럼 나는 어렵게 들어가 매끈하게 나왔다. 이제는 아버지가 더는 고민할 것은 없다.

그러던 중에 누군가가 왔다. 하얀 가운을 입고 있는 그를 나는 처음에는 의사라고 생각했다. 하지만 그는 다른 일을 하는 사람이었다. 능숙한 태도로 커튼 속으로 들어와서 말했다. "저를 좀 도와주셔야 할 것 같습니다." 나는 순순히 그가 지시하는 것들을 했다. 아버지를 살짝 들어 등에 들것 같은 것을 끼워 넣고 병원의 침대 시트를 하나 더 끼워 넣었다. 간

16

병을 하며 수없이 했을 비슷한 작업을 하며, 다만 돌아가신 아버지를 움직이는 것이 아주 조금은 더 가볍게 느껴진다고 생각했다. 그리고 또 다른 것은, 그렇게 아버지를 옮긴 후에는 그 익숙한 병원 시트로 아버지를 머리까지 하나로 감싸야 한다는 것이다.

나는 그제야 실감이 났다. 조금 전까지 다름없이 내 옆에 누워 있던 아버지는 이제는 다름없지 못 한 것이다. 아버지를 감싼 저 시트를 이제는 내 마음대로 걷을 수 없는 것이다. 다른 곳으로 가는 것이다. 들것에 실은 아버지를, 아니 아버지의 시신을 장례식장 직원과 함께 들고 응급실을 나섰다. 그리고 운구 앰뷸런스에 다시 아버지를 싣고 장례식장으로 움직였다. 장례식장은 병원 주차장 건너에 있었다.

차로는 너무 가까운 거리를 이동하자마자, 아버지는 내려져 안치실로 들어갔다. 거리가 너무 짧아서인지 모든 일들은 너무 빠르게 이뤄지고 있었다. 하얀 가운을 입은 남자는 나에게 몇 가지를 안내했고 서명을 요청했다. 그리고는 더는 할 것이 남아 있지 않으니 나가달라고 했다. 나는 모든 것이 너무 빠르다고 생각했다. 아버지는 조금 전까지 나와 함께 병상에 있었고 다름이 없었다. 조금 더 신경써서 커튼을 닫았을 뿐이었다. 그런데 모든 것들은 너무 빠르게 지나가고 있었다. 나는 당황스러운 마음은 감추고 덤덤하게 알았다고 말하고 나가려 했다. 그렇지만 발이 무거웠다. 이제는 정말 아버지의 얼굴과 손을 잡을 수 없었다. 조금 전 내가 감싼 시트는 그렇게 걷기 어려운 것이 아니었다. 그는 그렇게 일러주지 않았다. 다만, "저를 좀 도와주셔야 할 것 같습니다."라고 말했을 따름이다.

뒤돌아 아버지의 손을 잡았다. '아버지, 가지 마세요.'라는 말은 속으로 했다. 아버지가 아니면 말하지 못하는 것들이 너무 많았다. 사실은 묻고 싶었던 것들이 있었다. 그렇지만 이제는 몇 개의 서명과 함께 더는 말할 기회가 없어져 버렸다.

얇은 시트 너머로 여전히 아직은 따스한 아버지의 손이 만져졌다. 어제도 잡았고, 오늘 아침에도 잡았고, 나는 조금 이따가 다시 출근을 할지, 병원에 입원하라 하면 어떻게 할지 고민하고 있었다. 아버지가 죽는다는 사실은 알고 있었다. 그러나 이 시트가 그렇게 두껍게 덮인다는 것은 알지 못했다. '가지 마세요.'라는 말은 속으로 했다. 발은 무겁고 나는 묵묵히 이 자리를 벗어나려고 했다. 모든 것은 너무 빨랐다. 나는 안치실에서 조금 이르게 아버지의 입관을 치러야 했다.

2

무언가가
시작되었다

"119에서 전화가 왔어. 아빠가 자전거를 타다 사고가 났는데 술을 많이 드신 것 같대. 지금 병원으로 이송 중이라는데 네가 가볼 수 있어? 나는 지금 외근 나와서 바로 갈 수가 없어."

어느 오후, 누나에게서 전화가 왔다. 나에게 119에서 전화가 왔다는 것과, 아버지가 술을 마셔서 많이 취했다는 것과, 자전거를 타다 다쳐서 병원으로 이송되고 있다는 것을 전했다. 그것은 뜻밖이었다. 아버지는 몇 시간 전에 나에게 전화를 해서 그날 서울로 오겠다고 했다. 갑자기 아버지가 취했다는 것은 이해하기가 어려웠다. 그것은 걱정보다는 불편, 다소간의 짜증이었다. 나는 우선 기차를 탈지, 차를 가져갈지 고민을 했다. 기차가 빨리 도착하기는 하겠지만, 하루나 이틀 뒤 퇴원을 할 때를 생각하면 차를 가져가는 것이 좋을 것이라고 생각했다. 나는 내려가는 내내, 아버지의 조심성 없음을 어떻게 타일러야 할지 생각했다.

병원에 도착했을 때, 아버지는 잠들어 있었다. 아니 잠든 것처럼 누워 끊임없이 무언인가를 말하고 있었다. 크게 다친 곳은 없었으나, 이상한 풍경이었다. 생각했던 것보다 좋지 않은 상황인 것을 예감했다. 아니, 그때, 내가 정확히 어떤 생각을 했었는지 기억나지 않는다. 상황은 모든 것이 기억나는데, 나의 감정, 나의 생각이 무엇이었는지 기억나지 않는다. 인생에서 마주하기 어려웠던 모든 상황에서 마찬가지다. 정확히 어땠는지 기억나지 않는다. 누군가가 내 머릿속에서 일정한 기억과 감정을 지워버린 것처럼, 기억나지 않는다. 나는 오래된 습관대로 감정을 지우고, '침착해야 해.'라는 문장을 되뇌며, 무엇을 해야 할지 생각했다.

아버지의 진단은 외상성 뇌출혈이었다. 의사는 그저 그렇게 말했다. CT 촬영 화면을 보여주었지만 그것이 무엇인지 나에게 친절하게 설명해 줄 생각은 애초에 없어 보였다. 친절을 기대하기는 어려웠으나 아무것도 묻지 않고 의사가 보여주는 화면과 진단이 무엇인지 알 도리가 없었다. 나는 단지 궁금했던 것을 어렵게 물었다.

"그래서 언제쯤 퇴원하게 될까요? 주말에는 퇴원을 하게 될까요?"

나의 질문에 대한 의사의 대답에는 약간의 조소가 섞여 있었다. 나의 무지가 잘못인 양 그는 입원은 한 달일 수도, 두 달일 수도 있으며 완전한 회복은 없을 수도 있다고 말했다. 나는 그것이 항상 최악의 상황을 말하는 의사의 직업적 특성이라고 생각하려 했다. 막연한 기대를 했다. 아니면 여전히 나의 시간표에 들어와 있지 않은 아버지를 밀어내려고 하는 것이거나. 아버지는 계속해서 술 취한 듯 잠꼬대를 하고 있었으나, 곧 깨어나면 별일 없이 머쓱한 기색을 내비치며, 나를 이곳까지 오게 한 수고를 웃으며 이야기할 것 같았다. 오늘 밤 중환자실에 지낸다 했지만 하루가 지나면 모든 것이 다 잘될 것 같기도 했다.

중환자실에서 하룻밤을 보낸 아버지는 다음날 낮이 되어서야 병실로 내려왔다. 배정된 병실에서 미리 기다리던 나는 네댓 명의 간호사와 함께 나타난 아버지를 다시 만났다. 중환자실에서 이제 막 내려온 아버지는 여전히 술에 취한 듯, 잠에 취한 듯했다. 이동식 침대에서 병동 침대로 아버지를 옮기기 위해 많은 간호사가 동원되었고, 아버지는 저항했다. 모든 것이 잘되진 않았다는 것을 알았다.

어제보다는 조금은 의식이 있어 보이는 아버지는 나를 알아보았고, 본인의 이름도 기억하고 말할 수 있었으나 그밖에는 무엇도 불가능했다. 아버지는 여기가 병원이라는 것도, 여기에 본인이 왜 있어야 하는지도 이해할 수 없었다. 정확히 말해서 이해하지 못하는 것처럼 보였다. 무엇도 정확히 알 수 없었다. 아버지는 무엇인가를 끊임없이 말했으나, 그것은 이해할 수 없는 단어들의 조합이었다.

눈에 보이지 않는 어딘가가 잘 못 되었다. 그 어딘가가 어디까지 닿아 있는 것인지, 가늠되지 않았다. 그 후로 일어날 모든 일처럼, 당시에 예상할 수 있는 것은 아무것도 없었다. 만 하루도 되기 전 어느 오후에 나는 이곳에 퇴원을 생각하며 차를 운전해 왔다. 그 차는 계속해서 주차 요금이 더해지고 있었다. 이토록 길게 이곳에 있게 될 줄을 생각하지 못했다.

그때의 나는 정확히 낙관적이었는지 비관적이었는지 기억이 나지 않는다. 그 모두였던 것 같다. 이 시간이 얼마나 오래 지속될까. 깊은 터널로 들어가는 기분이 들었다. 그러나 나는 아버지의 시간이 이미 멈췄다는 것을, 여전히 모르고 있었다.

3

병식,
지남력, 섬망

“소변 주머니가 이 눈금 위로 차면 여기 밸브를 열어서 소변 통으로 소변 주머니를 비워야 해. 비우고 나면 여기 관을 알코올 솜으로 닦고, 소변 통은 밖에 오물처리실에 버리면 돼. 소변 주머니는 항상 아래에 있어야 하는데 바닥에 끌리지 않게 해야 해. 감염의 위험이 있으니까.”

누나는 능숙하게 소변 주머니를 처리하는 법을 나에게 설명했다. 급히 내려온 나를 대신해 하룻밤을 보낸 누나는 금세 병원 생활에 베테랑이 된 것 같았다. 사실 누구나 며칠이면 병원 생활의 몇 가지 것들에 익숙해질 것이다. 그중에 배설물 관리는 병동에서 가장 기본적인 소양 중의 하나였다.

아버지는 부쩍 회복되었다. 여전히 언어는 무너져 있었으나, 말하는 톤만큼은 안정되었다. 술에 취한 주정거림에서 좀 더 일반적인 대화의 리듬으로 변해갔다. 다만, 그 안의 단어들은 모두 뒤죽박죽이어서 문장 자체로는 하나도 이해할 수 없었다. 그러나 전혀 모르는 외국어를 쓰는 사람과도 말투, 몸짓, 눈빛으로 어느 정도 소통할 수 있듯이, 말투, 몸짓, 눈빛으로 어느 정도 아버지와 소통할 수 있었다. 물론 아버지는 왜 자신의 말을 알아듣지 못하는지를 알지 못했다. 아버지는 무엇인가를 궁금해했고, 무엇인가를 불편해했고, 무엇보다도 어서 집으로 돌아가기를 바랐다.

아버지는 지금이라도 당장 일어나서 집으로 돌아가고 싶었으나 한 발자국도 걸을 수 있는 힘이 없었다. 아니, 힘이 모자란 것은 아니었을 수 있다. 불과 이틀 전까지 노동을 하던 근육은 하나도 달라지지 않았으니. 다만, '걷는다'라는 행위를 하기 위해서 필요한 움직임을 아버지는 통째로 잊어버렸다. 수많은 근육을 이완하고, 수축하는 프로그램이 망가져서 걸을 수 없었다는 표현이 더 맞을 것이다. 그러나 아버지

26

는 걸을 수 없다는 사실을 알지 못했다. 자신의 언어가 잘못되어 있다는 것도, 무엇인가 잘못되어 지금 병원에 와 있다는 것도 알지 못했다. 자신이 아프다는 사실을 인지하지 못하는 것. 병원의 표현으로 '병식'이 없었다.

특히, 아버지는 자신에게 꽂힌 수많은 주삿바늘들을 불편해했다. 잠시라도 눈을 떼면 힘들게 꽂은 주삿바늘을 뽑았고, 그러기에 보호자는 단 10분도 환자 곁을 벗어날 수 없었다. 주삿바늘을 뽑을 때까지 보호자가 감지하는 것을 놓친다면, 그다음은 낙상이었다. 아직 한 발짝도 걸을 수 없는 아버지가 침상 아래로 발을 내딛는 순간이 외상성 뇌출혈 환자에게는 가장 좋지 않은 상황이다. 그러기에 나는 하루 종일 말이 통하지 않는 아버지와 대화 아닌 대화를 계속해야 했다.

아버지가 주삿바늘과 링거줄을 왜 그리 신경 썼는지 모르겠다. 그것을 끝없이 매만지고 있었다. 마치, 어린 아기가 위험한 물건을 만지작거리는데, 그것을 뺏을 수는 없어서 초조하게 그것을 바라보는 심정으로 그것을 지켜보며, "아버지,

그거 주사니까 빼지 마세요."를 끝없이 말했다. 그러다 한 번은 링거줄을 붙여놓은 반창고가 떨어져서 다시 그것을 정리해서 붙였다. 그것이 몹시나 마음에 들었는지 아버지는 꼭 그 위치와 방식으로 반창고를 붙이기를 원했다. 행여라도 교대한 간호사가 오면 링거줄을 고쳐 붙일까 의심스러운 눈초리로 그것을 지켜보았고, 정말로 링거줄을 고쳐 붙이기라도 하면 병실에 한바탕 소란이 벌어졌다. 아버지는 도대체 왜 그렇게 주삿바늘에 집착했을까. 지금 와서 생각해 보면 그 주삿바늘은 이해하기 어려운 복잡한 현실 속에 유일하게 뚜렷하게 보여지는 현실 그 자체였는지도 모르겠다. 떨어진 인지력으로 이해할 만한 유일한 것은 주삿바늘이었기에, 그렇게 하루 종일 그것에 집착했는지도 모른다. 그렇게 나는 간병하는 시간을 하루 종일 주삿바늘과 링거줄과 씨름하며 보냈다.

그리고 병원의 밤은 일찍 찾아왔다. 병원에 따라 다르지만 이르면 오후 5시, 늦어도 오후 6시에는 식사를 하고 8시, 늦어도 9시에는 소등을 한다. 불이 꺼지고 사방이 조용해지면, 일단 아버지도 자리에 누웠다. 실상은 하루 종일 누워 있었지만 말이다. 그리고는 아버지는 내내 뒤척였다. 아버지는 낮과 밤의 구분이 아직 없었다. 마치 통잠을 자지 않는 100일 전의 아이처럼, 아버지는 선잠을 조금 자다가 뒤척이고를 반복했다. 시간의 지남, 낮밤의 지남을 인지하지 못하는 것. 병원의 표현으로는 '지남력'이 없었다.

낮과는 다른 주삿바늘과의 씨름이 시작됐다. 아버지는 주삿바늘의 존재를 아랑곳하지 않고, 침상위를 몇 바퀴씩 구르며 잠들었다. 그러면 링거줄이 온몸을 칭칭 감아 주삿바늘이 뽑힐 테니, 자는 동안에 계속해서 링거줄을 정리해야 했다. 링거줄도 오죽 많아서 30분 간격으로 일어나 엉킨 링거줄을 풀어내려면 여간 어려운 일이 아니었다. 그렇게 한두 시간을 자고 나면, 지금이 낮인 듯 눈을 뜨고 여기가 어디인지, 나는 누구인지, 물어보는 아버지의 엉킨 질문들에 답하고, 걷지 못하는 다리로 일어나 화장실에 가려는 듯한 행동을 제지하는 일들을 반복했다. 그러나 8시부터 시작된 병원의 밤이 새벽 2시, 3시를 지나면 간병하는 사람도 지쳐갈 수밖에 없었다. 그렇게 항상 새벽 4시나 5시쯤엔 일이 벌어지고는 했다.

캄캄한 밤중에 아버지가 침상 위에 무릎을 꿇고 앉아 있었다. 소변이 보고 싶은데 소변줄이 꽂혀있으니 어쩔 줄 모르는 것이다. 졸린 목소리로 "아버지, 그냥 하시면 돼요. 다 그렇게 되게 되어있어요."라고 말했으나, 아버지는 좀처럼 눕지 않았다. 잠이 좀 깨어 주변을 살펴보니, 이미 꼬여버린 링거줄은 어디선가 빠져 수액이 여기저기 흘러넘치고, 주삿바늘에서 역류한 것인지, 어딘가의 주삿바늘이 빠진 것인지 피도 여기저기 흩뿌려져 있었다. 어서 아버지를 진정시키고, 피곤한 당직 간호사를 불러야 했다. "아버지, 누. 우. 세. 요. 누. 우. 세. 요" 깊게 누르는 목소리로 아버지를 눕히려 하였으나 아버지는 반응하지 않는다. 그러다 허공에 대고 "뭐여. 넌 뭐여."라며 무엇인가를 말하기 시작했다. 새벽 4시나 5시께에 더 크게 찾아오는, 돌발적인 정신적 각성상태, 병원의 말로 '섬망'이었다.

안타깝게도 나는 또 병실의 다른 환자들과 보호자들을 다

깨울 수밖에 없었다. "아버지! 누우시라고요! 누우세요!" 나의 외침과 아버지의 고함이 병동을 흔들었다. 간호사 호출 버튼을 달칵달칵달칵달칵 연달아 눌렀다. "아버지 누우세요. 누우세요. 제발요." 이제는 적의가 나에게 돌아왔다. 지금은 나를 알아보는 시간이 아니었다. 몇 가지 욕설과 고함과 알 수 없는 단어들과 함께 감당할 수 없는 소란이 시작되었다. 힘으로 아버지를 누르는 수밖에 없었다. 양팔을 잡고, 다른 간호사들과 함께 팔을 양쪽 침상 난간으로 가까이 대었다. 손목에 벨크로가 잠기고, 억제대가 침상 난간에 묶였다. 이 모든 상황을 이해할 리 없는 아버지는 침상이 덜컹거리도록 저항하나 도저히 힘으로는 해결할 수 없는 억제력에 지쳐갔다. 묶여있는 아버지를 보기 어려워 간호사실로 간다. 항상 억제대를 해야 한다는 다그침에 "제가 항상 같이 더 잘 돌보겠습니다."라는 말로 대답하고 병실로 돌아왔다. "에이 진짜 병실을 바꾸든가 해야지." 나직이 불 꺼진 침상 여기저기에서 불평이 들려왔다. 너무 크지는 않되 모두가 들리는 소리로 "죄송합니다."라고 말하고는 보조 의자에 누웠다. 섬망의 혼란보다 큰 간병의 피로가 나를 급히 재웠다. 억제대를 계속해야 한다는 지침을 들었으나, 내일은 다시 억제대를 풀 수 있을 것이다. 이런 소란은 오늘로 끝나고 내일은 아버지가 조금 더 회복할 것이다. 내일은 좀 더 대화가 될 수도 있고, 일어나 걷는 것도 그렇게 멀지 않았을 것이다. 그렇게 매일 밤 생각하며 몇 날 며칠을 보냈다. 몇 주가 더 지나갔다.

4

창문 없는
병동에서

코로나 시대의 병동은 시장을 연상하게 했다. 그것도 번듯한 점포가 있는 것이 아닌, 메인 골목 뒤편에 자리를 깔고 여기저기 행상을 깔아놓은 시장의 분위기가 났다. 누군가는 코로나와 병원, 그리고 시장이라는 연결이 낯설게 느껴질 수 있다. 코로나와 병원이라고 하면 엄중하게 격리된 격리실과 드리워진 죽음의 냄새, 격무로 지친 간호사와 의사들, 이런 것들이 더 자연스럽게 연상되는 모습일테니. 그러나 코로나의 시대의 한복판에서 병원 '생활'을 해야 했던 내게 그곳은 북적이는 시장의 이미지로 남아 있다.

그것은 여기에 기인한다. 코로나 기간 중에, 입원 병동은 누군가의 방문도, 외출도 허가되지 않는 격리된 구역이었다. 보호자는 단 한 명의 상주만이 허용되었고, 상주하는 보호자는 교대도, 외출도 허가되지 않았다. 코로나 시대에 입원은 극도로 꺼려졌고, 병실은 쉽게 퇴원할 수 없는 사람들만이 남아 있었다. 코로나 시대에서 쉽게 퇴원할 수 없는 환자들. 그들은 누워서 움직일 수 없는, 이른바 '와병 환자'들이고, 그들의 병원 생활은 결코 짧지 않았으며, 그 환자를 간병하는 보호자는 이미 지쳐 자연스럽게 가족이 아닌 다른 간병인들로 대체되었다. 그렇게 몇 달이 넘게 길어지는 격리 기간 동안 간병인들은 더 이상 자신들의 고용인의 눈치를 볼 일이 없는 병실의 주인이 되었다.

병실은 열 평이 채 되지 않는 공간에 환자를 포함해 열두 명이 바깥출입 없이 생활하고 있다. 노상 누워 있는 환자의 침대를 제외하면 접었다 펴서 침대로 사용하는 의자 한 개, 문 하나짜리 캐비닛 한 개, 그리고 아마도 더 작은 사이즈는 없을 법한 미니 냉장고 하나가 한 사람 앞에 주어진 공간이다. 그 공간으로 몇 날이고 바깥출입은 일절 없는 생활을 해야 하니, 대한민국의 수용시설로는 이 이상으로 좁은 수용시설은 없는 것이다. 그러니 세간살이는 개인의 공간을 넘어서게 되고, 밖으로 드나듦이 없으니 서로가 서로를 알고 의지하게 되어, 병실은 마치 행상들이 열 지어 늘어선 시장처럼 변해갔다.

　나 역시 병실의 여섯 명의 환자와 여섯 명의 보호자 중에 한 명으로서 그 한복판에 있었다. 한복판이라는 표현이 딱 맞는 것이 아버지의 자리는 창가도 아니고, 벽을 면한 자리도 아닌, 양옆에 병상을 두고 사이에 끼인 자리였다. 양옆에 병상을 두고 사이에 끼인 자리는 여러모로 불편한데, 일체의 자투리 공간이 존재하지 않아 조금 더 공간이 좁았다. 그것보다도 보호자가 누워 있는 간이 의자에서 어느 면으로도 기댈만한 벽이 없는 것이 큰일이었다. 침상 난간이 있는 환자 침대와는 달리, 보호자가 눕는 간이 의자는 어디에도 의탁할 벽이 없다. 그나마 양쪽 끝자리는 벽에 면해 있으니 벽에 기댈 수도 있는데, 내 옆으로는 그저 커튼뿐이라 조금만 뒤척거리려 해도, 옆 환자 침상 밑으로 나뒹굴기 예사였다. 그나마도 간이 의자는 다 펼쳐도 내 키만큼이 되지 않아, 누우면 항상 발이 밖으로 동동 떠 있게 되는 것은, 보기에 좀 그래서 그렇지 그다지 불편한 축에 속하진 않았다.

좁다는 사실에 더해 가장 어려운 것은, 말한 것과 같이 인지가 저하된 아버지가 끊임없이 움직이려고 하였기에, 나는 단 10분도 병상을 벗어날 수 없다는 것이었다. 그러니 그때 내가 그토록 원했던 것은, 창문이었다. 병실에 창문은 있지만, 모두가 커튼을 치고 있기 때문에 창가 자리가 아닌 이상은 창밖은 보기 힘들었다. 병실은 항상 어둡고 질병과 고통과 약물의 냄새, 제대로 치워지지 못한 배설물의 악취가 끈적하게 배어 있었으니, 조금이라도 활기찬 창밖의 풍경이 그리웠다. 어쩌다 창밖을 바라볼 기회가 생기면, 버스정류장에서 버스를 기다리는 사람들의 일상은 그저 행복하게만 보였다. 밖의 삶, 자유롭게 움직일 수 있고, 원하면 창밖도 바라볼 수 있고, 매 끼니마다 먹을 것을 고민할 수 있는 그런 삶, 나는 다만 그런 삶의 빛과 향기가 들이치는 창가가 몹시도 그리웠다.

　그러나 이곳에서 대신 하루 종일 마주해야 하는 것은 모조리 기묘한 희극들이었다. 내 자리를 기준으로 대각선 맞은 편으로는 이곳에 아주 오랫동안 와병 환자로 누워 있는 듯한 할아버지가 있었다. 그의 간병인은 수시로 환자에게 욕설과 구박을 했다.

　"에이 씨발, 이 할아버지가 또 오줌을 쌌어. 오줌을 싸면 말을 하란 말이야. 오줌이 다 샜지 않았어?"

　환자는 그런 구박으로 받으면 "ㅇㅇㅇ, ㅇㅇㅇㅇㅇ" 같은 신음소리만 내며, 속수무책으로 저항하지 못했다. 매번 그렇게 신음소리만 겨우 내는 듯한 그를 나는 말을 못 하는 사람으로 생각했다. 그러던 어느 날, 자녀로 생각되는 분과 영상 통화를 하는 소리를 듣고, 그가 많이 어눌하긴 하지만 여전히 충분히 말을 할 수 있다는 것을 알았다.

　"나는 여기 잘 지내. 뭐 필요한 거 없어. 나는 잘 지내."

　매일 같이 간병인과 실랑이를 하며 주변 간병인들에게 웃음거리나 되는 신세인 그가, 말도 할 줄 모른다고 생각했던 그가, 또박또박하게 '잘 지내.'라는 말을 몇 번이고 했다.

“어, 아빠, 내가 거기 갈 수가 없어서 그래. 내가 여기에서 기도할게.”

며칠 만에 들어본 자녀의 통화는 길지 않았고, 기도하겠다는 말로 마무리되었다. 기도. 이곳에서는 멀게만 느껴지는 단어였다. 그는 잘 지내지 못했고, 그날도 욕설과 모욕을 피할 수 없었고, 어쩌면 여기서 죽음으로 나가기 전까지 피할 수 없을 수도 있다. 그가 지금은 조금 더 편안한 삶을 살고 있을까? 그때, 그 병실의 여섯 명의 환자 중, 다시 따사로운 햇살과 공기가 있는 ‘밖의 삶’으로 돌아갈 수 있었던 사람은 몇이었을까. 하루 종일 침침한 병실 안에서, “으으 으으으으” 하는 신음소리를 듣지 않고, 내지도 않고, 소변이 보고 싶으면 화장실에 가서 볼일을 보고 깨끗이 손을 씻고, 매일 밤 간이침대에서 굴러떨어지지 않고, 찾아지지 않는 혈관을 찾아 이미 너덜너덜한 손등에 새 주삿바늘을 꼽지도 않고, 섬망에 시달리는 옆 환자의 고함소리에 새벽에 깨지 않고, 이제는 다들 평안한 잠을 자고 있을까. 이제는 부디, 그들 모두가 아프지 않고 행복하게 지내고 있을까.

38

5

아버지가 외롭다고
생각하지 않았다

아버지가 아픈 지 한 달이 지났다.

아버지가 아프고, 꽤 오랜만에 엄마의 필요성을 생각했다. 오랜만이라는 것은, 30년은 되었을까.

항상 나이에 맞지 않는 책임이 들이닥치는 것에 익숙했다. 그렇다고 내가 소년가장 소리를 들을 만큼은 아니었다. 다만 주변의 친구들이나 사촌들, 직장동료들이 겪지는 않을 만한 일들을 조금씩 더 겪는 것이다. 그 정도 책임으로는 엄마의 필요성은 크게 생각하지 않았다. 아니면 생각하지 않게 훈련 되었거나.

병원은 말한 대로 간병인들의 공간이었다. 대부분은 다 간병인들의 일이었고, 간혹 가족 보호자가 있었다. 가족 보호자들은 나와 같은 젊은 남자는 잘 없고, 젊은 여자도 잘 없고, 보통은 나이가 좀 있는 어머니 연배의 여자분들이 많았다. 그러니 알았다. 부부가 아프면, 먼저 부부가 간병인이 되고, 그리고 그 부부 중의 하나가 죽으면, 그다음은 자녀로 순서가 넘어갔다. 나에게는 조금 더 순서가 먼저 왔다.

간병에서 무엇이 제일 어려운지를 하나만 고르라면, 그것은 선택이다. 잠 못 드는 밤도, 좁은 침대도, 섬망도 아닌, 선택의 어려움이다. 아버지는 부쩍 회복되어서 소변줄을 빼고 침상에 앉아서 소변 통으로 소변을 볼 수 있게 됐다. 부축을 받아 몇 발짝을 움직여 휠체어에 탈 수 있었고, 거칠지만 식사를 할 수 있게 되었다. 다만, 여전히 병식이 없었고, 종종 섬망이 있었으며, 언어는 전혀 회복되지 못했다. 아버지는 때로는 알 수 없는 고집을 부렸고, 함께 있는 사람을 지치게 했다. 무엇을 원하는지 모르는 고집은 힘들고 어려웠다. 몸은 회복되어 갔지만 인식은 더디게 회복되고 있었다.

그렇게 간병이 한 달이 넘어가는 사이, 며칠 전까지만 해도 환자가 아니었던 아버지의 일들은 나에게 던져졌다. 대출에 대한 만기 연장 신청을 하고, 나는 모르는 '아랫집' 사람으로부터 누수에 대한 수리 요청에 응하고, 아버지가 농사짓는 옆 땅 주인에게 무슨 동의서를 쓰고, 노후 경유 차량에 대한 사용 연장 신청을 내고, 면세유에 대한 등록을 하고, 농작물에 대한 출하 계획을 보고하고, 경찰서에서 자전거 사고에 대한 조사를 받고, 미납된 관리비와 알 수 없는 전기세를 납부하고, 또 무엇을 하고, 또 무엇을 하고… 나는 전혀 알지 못하는, 한 번도 본 적도 없고, 들은 적도 없는 이들로부터 들어오는 요청에 대해 응답하고, 처리하고, 해결하며, 돈을 쓰는 일들이 계속되었다. 그리고 매번 그때마다, "대체 이건 또 뭐예요? 이건 어떻게 해야 하는 거예요?"라고 아버지께 묻고 싶었다. 65세가 되어 은퇴한 아버지는 여전히 많은 것들을 처리하고 있었다. 나는 반쯤은 넋이 나간 채로 닥치는 일들을 처리했다. 하나하나를 따져서 처리하기에 아는 것이 너무 없었고, 아버지는 곁에서 알 수 없는 말들로 나를 힘들게 했기 때문이다.

많은 선택 중에서 가장 어려운 것들은 아버지에 대한 것이
었다. 사고 두 달째에 나는 세 번째 병원을 찾고 있었다. 청
주의 병원에서 수도권의 병원으로 오는 것도 쉽지 않은 결정
이었다. 서울로 위치를 옮기는 것도, 그 안에서도 어떤 병원
을 찾아가야 할지를 결정하는 것도, 모두가 어려웠다. 돌이
켜보면 당연한 선택이지만, 당시만 해도 여전히 아버지가 몇
주 안에 회복될지도 모른다는 기대도 가지고 있었다. 모르는
것을 선택하는 것은 너무나 어려웠다. 같은 증상에 대해서도
병원에서는 서로 다른 얘기를 했다. 아버지는 사고가 나면서
광대뼈가 살짝 부러져 함몰됐는데, 한 곳에서는 그냥 두라고
했고, 다른 곳에서는 수술을 하라고 했다. 어느 곳에서는 아
버지의 상태가 일반적인 뇌출혈이라고 했고, 어느 곳에서는
뇌출혈의 양상이 특이하다고 했다. 출혈이 좀 나아지면 뇌
조직검사를 하는 것이 어떤지 제안하였으나, 그렇게 큰 병원
도 아닌 곳에서 검사를 하는 것은 내키지 않았다. 안 그래도
더 큰 병원으로 가야 하는 것이 아닌지를 끊임없이 묻고 있
는 중에, 개두 수술까지는 생각하기 어려웠다. 그 밖에도 수
많은 고민이 이어졌다. 초기의 재활이 중요하다는데 집중적

인 재활 치료가 가능한 곳으로 옮겨야 할지, 누나가 뽑아온 뇌출혈 전문 명의가 있다는 다른 병원으로 갈 방법은 없을지, 수많은 고민들을 하며, '아버지, 대체 어떻게 하는 게 좋을까요?'라는 말이 수없이 삭여졌다. 아버지가 대답해 주기를 바랐다. 점점 더 지쳐가는 나의 선택들이 혹시나 아버지를 위한 것이 아니라, 나를 위한 것이 아닐까 걱정했기 때문이다. 아버지가 영영 이 상태를 벗어나지 못한다면 나랑 누나는 어디까지 감당할 수 있을까. 이미 지칠 대로 지친 우리는 언제까지 직접 간병을 할 수 있을까. 간병인을 쓴다면 어디서 사람을 구해야 할까. 어떤 사람을 써야, 믿을 수 있을까. 점점 더 숫자 감각이 없어지게 만드는 병원비에 더해서 간병비는 또 얼마나 나올까. 이런 끝없는 고민들 끝에 내린 선택이 아버지가 아닌 나를 위한 것이었을까 봐 걱정했다.

그런 나에게 아버지가 아닌 나를 위한 선택을 하게 할 사람은 아버지밖에 없었다. '그래도 괜찮다.'라고 말할 사람은, 그리고 그 말을 듣고 마음의 짐을 훌훌 털고, 다시 좀 쉴 수 있게 만들 사람은 아버지밖에 없었다. 그러나, 아버지가 하는 말은 알아들을 수가 없었다. 그래서 나는 엄마를 잠깐 생각했다. 아버지의 평소의 상태와 아버지가 처리하던 여러 일들에 대해서도 알고 있고, 누나와 나를 대신해 선택을 하고, 그 선택에 대해서도 후회가 없게 만드는 사람, 바로 '보통의 엄마'가 있다면 어떨까 생각했다. 그러다 문득, '아버지는 외로웠을까?'라는 생각을 했다. 나는 언제나 나의 외로움에 대해서 아버지를 원망했다. 어머니를 원망한 적은 없었다. 원망이라는 것을 하기에 그녀는 나에게 완전히 부재한 존재였다. 오직 아버지만이 실재했다. 그러니 모든 책임은 아버지에게 돌렸다.

나는 아버지의 외로움을 생각하지 않았다. 나는 아버지와 어머니의 부재 속에서도 그런대로 훌륭하게 자라난 아들이었다. 그것은 아버지도 어머니의 자랑도 아닌, 나의 자랑, 아니면 나를 키운 할아버지와 할머니의 자랑이었다. 나의 열 살 생일 이후로 생일에 작은 선물 하나 없더라도, 뭐 하나 달라고 한 적 없었던 나에게 있어 아버지는 조금 더 나에게 잘해주었어야 하는, 다소의 빚을 진 사람이었다. 그러니 나는 아버지의 외로움을 생각하지 않았다. 이윽고, 나에게 어려움이 닥치고 나서 한 번 더 어머니가 부재한 나를 만든 아버지를 원망한 뒤에야 '아주 잠깐, 혹시 아버지가 외롭지는 않았을까.' 하는 생각을 했다. 지금 나에게 '지금 난 좀 힘든데요. 그냥 어떻게 할지라도 좀 알려주면 안 될까요.'라고 말할 수 있는 사람이 없는 것처럼, 아버지에게도 그런 사람이 없었을까 생각했다. 내가 일곱 살이고 마지막으로 엄마가 있었을 때, 아버지는 그때 몇 살이었는지를 생각했다. 나보다 나이가 많았을지를 생각했다. 한여름이었고, 아버지는 나보다 어렸다.

회상

"그 시간은 나에게 어려운 시간이었지만, 아버지에게도 어려운 시간이었다. 나에게 쉽지 않은 시간이 아버지에게도 어려운 시간이었음을 알기에는 시간이 많이 걸렸다."

1

놓이는
순간

한여름이었다.

그날의 일은, 아마도 내가 그렇게 잘 기억하고 있다면 당사자들은 놀랄 테지만, 한장 한장의 사진처럼 아주 선명하게 남아있다. 나는 그때도, 그리고 그 이후로도 한참 뒤까지 그날이 나에게 어떤 의미인지를 알지 못했지만 내 안에 무언가는 그 날이 중요한 순간이라는 것을 알아냈는지도 모르겠다. 서울에 살던 나는 마당이 넓고 집은 작은 할아버지 집에 도착했고 천정이 아주 낮고 파리가 많은 방에서 할아버지는 환하게 웃으면서 나를 맞았다. 나는 그 전에도 심심치 않게 방문했을 많은 순간들 중에 유일하게 그날의 기억이 남아있는 이유를 알지 못한다. 그때까지 난 그저 누나와 함께 잠시 시골에 있는 할아버지 집을 찾았을 뿐이었기 때문이다. 그러나 이상하게도 그날의 그 순간만큼은 정지된 사진처럼, 아니 아이폰의 순간적으로 움직이는 몇 프레임의 동영상처럼 남아 있다.

그리고 그 이후로 내가 가진 기억은 매일 같이 착실하게 하루하루를 세었다는 것이다. 정확히 열밤. 매일 하루 씩을 열에서 빼며 서울에 돌아갈 날을 세었고, 그 결과를 할머니에게 빼놓지 않고 말해두었다. 아홉 밤, 여덟 밤, 일곱 밤, 여섯 밤, 정확히 열 밤 뒤에 서울에 가야 한다는 철없는 손자의 얘기를 매일 같이 들었을 할머니의 마음이 어떻게 무너졌을지는 알지 못한다. 그리고 그 열 밤이 다 지났을 때, 내가 어떤 식으로 나에게 주어진 상황을 이해했는지도 알지 못한다. 그럼에도 그 순간만이 나에게 사진처럼 남아있는 것은, 내 삶이 더 이상이 같을 수 없음을, 돌이킬 수 없는 곳으로 떨어졌음을, 내 또래의 다른 아이들, 80년대 생년월일을 가지고, 90년대의 풍요와 함께 어린 시절을 보냈으며, IMF 이후에

50

또 각자의 사정을 가지게 되고, 입시 고민과 예전 같지 않다는 대학 생활을 보내는, 내 주변에 가득가득한 그들과는 영원히 같아질 수 없는 곳에 놓이는 순간이었음을 내가 기억하지 못하는 무언가가 직감했기 때문일지도 모르겠다.

함께 사는 부모가 없다는 것은, 어쩌면 그렇게 심각한 일은 아닐지도 모른다. 나 역시 마찬가지로 입시 고민을 했고 더 이상 예전 같지 않다는 대학 생활을 보냈고, 항상 심각하다는 취업난을 거쳐 그나마의 취업을 하고, 몇 푼 첫 월급을 받고 기뻐하고 그 돈으로 고기도 사 먹고 했으니깐 말이다. 엄마가 없다는 말은, 크게 자랑할 일은 아니지만 굳이 숨겨야 할 이유도 없는 일이다. 다만 그 얘기를 꺼냈을 때 느껴지는 아주 잠시의 어색함. 어떻게 반응해야 할까. 자연스럽게 "뭐 그럴 수도 있는 거지."라는 반응이 나오기까지, 그 작은 침묵을 경험하기 싫어 굳이 꺼내지 않는 이야기일 뿐이다. 그만큼 나는 내 또래, 내 주변의 사람들과 크게 달라 보이지 않았다.

하지만, 나는 알고 있다. 내가 그들과 영원히 같아질 수 없다는 것을. 내 키가 채 1미터가 안 되는 때에, 누나는 나보다도 더 작았을 때에 나는 내가 알던 세상과는 다른 곳에 떨어졌고, 그 뒤로는 다시는 그곳으로 돌아갈 수 없었다는 것을 알기 때문이다. 그것은 단순히 감상적인 이야기만은 아니다. 엄마, 아빠라는 정서적인 교감 대상이 없는 것은 어쩌면 내게 닥친 일들 중에 아주 작은 부분일지도 모른다. 그것은 그보다는 훨씬 현실적인 문제들이다. 어쩌다 어린 시절 얘기가 나오면 나눌만한 이야기들, 방학이면 놀이동산에 놀러 가고 싶다고 떼를 쓰고, 빨간펜이나 구몬을 하며, 생일날에는 장남감 선물과 함께 케이크에 꽂힌 촛불을 불어 끄고, 그런 추억이 차곡차곡 사진에 찍혀 쌓여있는 앨범이 집안 어딘가에 있는, 그저 남다를 것 없는 기억이 나에게는 없다는 것이다. 그렇다고 매일 아침 차가운 물에 동생을 씻기고 먹을 것이 없어 옆집에 동냥을 다녀야 하지 않았고, 어쩌다 찾아오는 고모들이 얘기하는 수돗물도 없고 버스도 없고 먹을 것도 없었다는 옛날보다는 훨씬 나은 삶을 살았던 것만은 확실했다. 그렇지만 나는 그 고모들이 데리고 오는, 나랑 몇 살 차이 나

52

지 않는 사촌 형 동생들이 신은 새 운동화와, 고모들이나 와야 먹을 수 있는 소금이 뿌려진 구운 김이나 계란후라이 같은 것들을 평소에도 먹어보고 싶었으며, 사촌들은 하지 않는, 설거지나 청소를 좀 더 잘하라는 얘기 같은 것들을 안 듣고도 살 수 있었으면 했다. 언젠가 TV에서 본, 사고로 떨어진 헬기 희생자의 영결식에서 지금은 없고 앞으로도 없을 아빠의 모습을 보고 환하게 웃는 아이들의 모습을 보며, 나는 다시 나의 그 순간과 그리고 그 이후로 돌이킬 수 없었던 나의 삶에 대해서 생각했다. 인생이 알 수 없는 곳으로 떨어지는 데에는, 다시 돌이킬 수 없는 데에는 그저 순간이면 충분한 것이다. 그리고 그것이 한 여섯 살이나 일곱 살쯤 되는 시점 즈음에는 아주 낮은 천장과 파리가 많은 방의 몇 프레임 정도로 남게 되는 것이다.

2

아버지를
씻겨드렸다

두 번째 병원을 퇴원하기로 했다. 세 번째는 종합병원이 아닌 재활병원이었다. 아버지는 위독한 상태를 넘기고 점차 회복되었다. 발병 60일 즈음에는 부축을 받아 화장실에 갈 수 있었고, 배변에 대한 의사표시를 명확히 해서 기저귀를 찰 필요가 없었고, 가족들을 명확히 알아볼 수 있었다. 과거에 대한 기억도 오래된 기억일수록 명확했다. 듣는 내용이 맞는지 틀린지 명확하게 의사 표현할 수 있었다. 단어들이 몇 개씩 뒤바뀌어 있어 정확하게 이해하기는 어려웠지만, 아버지가 말하는 꽤 긴 문장들도 대략적으로 이해할 수 있게 되었다.

이제는 뇌출혈로 손상된 언어와 인지, 운동 기능을 회복하기 위한 재활치료가 필요했다. 재활치료를 위한 지원금도 결정에 도움이 됐다. 국가에서 지정된 '재활의료기관'은 발병 60일 이내에 입원하면 최대 180일까지 재활 입원이 가능하고, 일부 금액도 지원받을 수 있었다. 창문 없는 병동을 떠나기로 했다.

아버지는 무엇보다 신이 났다. 퇴원을, 그토록 나를 괴롭히고 고집을 부렸던, 퇴원을 하는 것이다. 물론 또 다른 병원에 바로 입원하겠지만, 안타깝게도 그런 복잡한 상황까지 이해할 만큼의 인지는 돌아오지 못했다. 그저 이 병원에서 환자복을 벗고 나가는 것이 중요했다. 퇴원. 그것은 굳이 아버지가 아니더라도 나 역시 설레고 즐거운 일이었다. 사고 이후로 처음 환자복을 벗었다. 집에서 가져온 등산복과 바지로 갈아입으니, 아버지는 정말 꽤 나은 것 같았다.

퇴원하는 날 내 차를 타고 누나와 함께 병원을 나섰다. 처음 119에서 전화가 왔을 때, 차를 가져갈지 기차를 타고 갈지

55

고민했던 것이 생각났다. 오래 걸려도 퇴원할 때 차가 낫겠지 생각했던 것이 두 달이 걸렸다. 한여름이었고 날씨는 맑았다. 때는 아직 코로나여서 퇴원하는 병원에서 PCR 검사를 받으면 지체 없이 다음 병원으로 이동해야만 했다. 그렇지만 날씨가 너무 좋았다. 두 달여 만에 처음으로 환자복을 벗고 병원 밥이 아닌 식사를 할 기회를 그냥 보낼 수 없었다. 병원 앞 한식집에서 굴비를 먹었다. 아버지는 "야, 반찬이 많다."라고 했고, 누나는 이 병원에서 재활을 열심히 잘해서 얼른 낫자는 얘기를 했다. 그리고 정말 그렇게만 될 것 같았다. 돌이켜 생각해 보면 꿈처럼 아름다운 날이었다.

짧은 외출을 마치고 곧 새로운 병원에 입원했다. 새로운 환자복을 입고, 새로운 병원 생활을 시작했다. 변화한 환경은 활기찼다. 나는 틈만 나면 아버지를 걷게 하기 위해 병실 밖으로 나가보자고 했고, 아버지는 환히 웃으며 나를 따랐다. 아버지는 완전한 병식은 없었으나, 어딘가 아프다는 것과 이를 극복하기 위해 무언가 해야 한다는 생각 정도는 가지고 있었다. 그리고 이 병원은 무언가 그 답을 줄 것만 같은 곳이었다. 병원 1층을 통째로 쓰는 재활치료실에 처음 들어가는 순간, 수많은 환자들과 치료사들이 모여서 다양한 활동을 하는 모습에 아버지는 큰 인상을 받은 듯했다. 나는 이곳이 얼마나 전문적인지, 얼마나 치료에 큰 도움이 될 것인지를 거듭 말했다.

그리고 그곳에서 처음으로 아버지를 씻겨드렸다. 두 달 만이었다. 그전에는 수많은 주삿바늘이 꽂혀 있어서, 아버지의 거동이 어려워서, 제대로 된 목욕실이 없어서 미뤘던 목욕을, 그제야 했다. 아버지와 마지막으로 목욕을 한 것이 언제였을까. 어린 나는 자주 씻지 않았다. 벌레가 득실거리는 부엌을 지나서 가장 구석에 위치해 있는 습하기 이를 데 없는 욕실은 씻기는커녕 가까이 가기도 싫은 곳이었다. 욕실을 깨끗이 관리하기에 할머니는 너무 아프셨다. 그런 나를 아버지는 씻기었다.

누나와 내가 할아버지 할머니와 함께 살게 된 뒤로 아버지는 한 달에 한 번쯤 내려와 이틀씩을 자고 갔다. 방학에는 아버지가 사는 서울로 누나와 나를 데리고 갔다. 아버지의 집은 매번 다른 곳이었고, 반지하에 있거나, 수많은 계단으로 이어진 높은 마을에 있거나, 빌라의 숨겨진 쪽문으로 이어진 별채에 있었다. 아버지는 누나와 나를 집이 아닌 바깥으로 데리고 다니면서, 서울이 얼마나 크고 좋은지를, 아버지가 얼마나 좋은 곳에 살고 있는지를 자랑했다. 그리고 다시 집으로 돌아오면 할머니 집에서는 먹기 어려운 진미채나 오뎅국 같은 맛있는 음식을 해주었다. 그리고 나서는 자기 전에 누나와 나를 씻겨 주었다. 수돗가에서 대야에 물을 받고, 누나와 나를 차례로 무릎에 받쳐 머리를 감기고 씻겨 주었다. 어린 나는 밥을 먹고 자기 전에 씻는 것이 몹시 세련되고 현대적인 생활인 것처럼 느껴졌다. 누나와 나를 붙잡아 씻기는 다른 사람은 없었기에.

어린 나는 그것이 나의 삶보다는 세련된 삶이라고 생각하면서도, 아버지의 집이 그 좋다는 서울의 어디와도 닮아 있지 않다는 것을 알았다. 저녁 반찬으로 먹는 진미채와 오뎅국은 정말 특별한 음식이었으나, 그것은 아버지에게도 특별

58

한 반찬이라는 것을 알았다. 언젠가 아버지와 집 앞 반찬 가게에 갔을 때, 반찬 가게 주인은 묻지도 않고 콩자반을 담아 주었다. 그 무심한 반복 앞에 아버지는 화를 내었다. 곁에 나를 두고 아버지는 자신이 콩자반만 먹는 것은 아니라며 화를 내었다. 그렇게 나는 진미채와 꽃게무침과 같은 것들을 골랐다. 나는 아버지가 매일 같이 콩자반만 먹는 것을 알았다.

아버지를 씻겨드리는 동안, 나는 아버지와 함께 서울에 갔던 시간을 생각했다. 하루 종일 어린 아들 딸을 데리고 다니며 서울 구경을 시키고, 저녁밥을 해서 먹이고, 씻기고 재우는 아버지의 마음은 무엇이었을까. 그리고 남은 시간들을 매일 같이 콩자반을 먹으며 홀로 저녁을 보내는 삶은 무엇이었을까. 그 시간은 나에게 어려운 시간이었지만, 아버지에게도 어려운 시간이었다. 나에게 쉽지 않은 시간이 아버지에게도 어려운 시간이었음을 알기에는 시간이 많이 걸렸다. 그러나 말하지는 않았다. 정말 중요한 것은 말하지 않는다. 그 시간은 이 세상에 나와 누나와 아버지만이 알고 있다. 사람들이 말하는 90년대의 추억과는 조금은 다른 기억들. 특별한 것 없지만, 회사의 다른 사람과 점심을 먹고 웃으며 말하는 어린 시절에 끼어들지 않는 이야기. 그것을 말하지 않아도 알고 있는 사람은 아버지였다. 아버지가 없고 가장 안타까운 것은, 이제는 이야기하지 않아도 그 시간을 기억하는 사람이 세상에 하나 줄었다는 것이다. 그래서 어느 순간에는 이 세상에는 그런 특별하지 않은 이야기는 더는 아는 사람이 없이 사라질 것이라는 것이다.

3

평범함이
사라지지 않기를

재활병원에서의 시간은 봄날이었다. 아버지는 아주 빠르지는 않지만 회복되고 있었다. 함께 있는 시간 동안 아버지는 병원의 현대적인 시설에 감탄했고 즐거워했다. 나 역시 부축 없이도 몇 걸음씩 걸을 수 있는 아버지를 보며 즐거웠다. 회복은 어느정도 당연해 보였다. 다만, 그 끝은 걱정스러웠다.

회복기 재활병원을 찾는 중에는 병원비를 생각하지 않을 수 없었다. 한 달에 1,000만 원에 가까운 비용을 말하는 곳도 있었고, 싸게는 한 달에 100만 원 선을 말하는 곳도 있었다. 그래도 환경이 좋은, 나쁘지 않은 곳을 선택한다고 한 달에 250만 원을 말한 곳을 선택했다. 한 달에 250. 당장은 감당하지 못할 금액은 아니지만, 문제는 얼마나 버틸 수 있는 것인가에 대한 것이다. 회복기 재활병원은 최대 6개월까지 입원이 가능하다. 그 후로는 더 이상 지원금이 나오지 않는다. 월 250만 원은 국가에서 지원되는 금액을 감안한 비용이다. 그마저도 간병인은 생각지 않는 금액이었다. 이미 두 달 동안 적지 않은 병원비를 썼고, 병원비 말고도 돈이 필요한 곳은 많았다. 아버지의 마이너스 통장은 매달 이자가 더해져 점점 더 많은 돈이 나가고 있었고, 핸드폰 요금, 전기세, 관리비, 보험료가 나가고 있다. 두려운 것은 끝이 보이지 않는다는 것이다. 아버지는 완전히 회복을 할 수 있을까. 그래서 살던 집으로 다시 돌아가 농사를 지으며 지낼 수 있을까. 만약에 답이 그렇지 않다면, 그때는 어떻게 될까. 월 250만 원의 청구서가 언제 끝날지, 나는 그것이 궁금했다.

아버지는 보일러를 고쳤다. 도배를 하고, 수도를 고쳤다. 그리고 그 모든 것은 아버지가 퇴근하고 난 뒤의 추가적인 일이었다. 누나와 내가 서울에 갔을 때도 아버지의 일은 계속되었다. 아버지는 보일러를 고칠 집에 누나와 나를 데리고 가서 얌전히 앉아있게 하고, 보일러를 고쳤다. 지금 생각해 보면, 아버지에게 보일러를 고쳐 달라고 했던 그들도 그렇게 넉넉하지만은 않았을 수도 있다. 그러나 나는 모르는 어떤 아이의 방에 '얌전히' 앉아, 동화책이 가지런히 꽂혀 있는 책장을 보며 그 집이 무척이나 좋아 보인다고 생각했다. 그렇게 좋은 아이의 방에서는 좋은 방이 내 몸에 가장 조금 닿을 수 있게 조심스레 앉았다. 그렇게 얌전히 있는 것은, 가난한 아이의 장점이다. 가난한 아이는 얌전했다. 나는 할머니와 함께 돈을 빌리러 이집 저집 다닐 때에도, 그렇게 빌린 돈으로 학원에 가서 할머니가 사정을 할 때에도, 처음으로 교복을 사러 교복 집에 갔을 때에도, 얌전히 있었다. "애가 참 얌전해요.", "그럼요 애가 공부도 참 잘한답니다." 와 같은 소리로 이야기는 시작된다. 가난하고 얌전한 데다 공부도 잘하는 아이는 좋은 거래 수단이 된다. "애가 공부를 잘하는데, 학원비를 좀…", "공부도 잘하고… 조금만 더 깎아줘요."와 같은 부탁을 사람들은 쉽사리 거절하지 못한다.

나는 내가 어쩌다 그렇게 얌전해졌는지 기억하지 못한다. 기억하는 것은, 나는 원래 전혀 얌전하지 않았다는 것이다. 아이스크림을 먹겠다고, 장난감을 가지고 싶다고, 울고 떼를 썼다. 그러니 내가 얌전해진 것은 천성이 그랬던 것은 아니었을 것이다. 무엇인가가 나에게 배움을 주었을 것이다. 아버지의 노동은 그 배움 중의 하나였다. 누나와 내가 서울에 가는 날은 아버지의 많지 않은 휴가 중의 하나였을 것이다. 그러나 그날마저도 아버지는 보일러를 고치고, 도배를 하고, 수도를 고쳤다. '수도, 보일러 수리'라고 적힌 명함을 뿌리며 많지 않은 휴가를 일로 보냈다. 할머니는 어린 나에게 끝없이 말했다. '일'이라는 것이 얼마나 중요한지, 얼마나 어려운지, 그리고 아버지가 그것을 얼마나 많이 하는지. 그럼에도 아버지가 간직하던 분양 책자 속의 아파트를 평생 살아보지 못했다. 진미채나 꽃게무침은 내가 서울에 오는 날에나 먹었다. 아버지는 습관처럼 모든 것을 아꼈다. 누나와 내가 직장에 다니고, 아버지의 일도 더 나아져서 그렇게 아껴 살지 않아도 되었을 때에도, 아버지는 돈 쓰는 것을 그렇게 어려워했다. 식당에서 요리라도 하나 시키려고 하면 그럴 것 없다

64

고 펄쩍 뛰던 아버지는, 매달 250만 원의 병원비 청구서를 보면 어떤 생각이 들까.

병원비에 더해 나는 간병비를 생각해야 했다. 누군가는 여기서 어쩌면, 끝까지 아버지를 보살피며 병수발을 드는 이야기를 기대했을지도 모르겠다. 나 역시 뇌출혈 환우 모임 카페에서 종종 그런 이야기를 찾아보면서 용기를 얻었던 것이지만, 안타깝게도 나는 그러지 못했다. 나는 그보다는 조금 더 평범한 사람이었다. 내가 살던 삶을 한순간에 내던지는 용기가 나는 부족했다. 나는 항상 그랬다. 나에게 일부 불행이 있었지만, 그 불행은 어쩌면 흔한 것일지도 모른다. 매일 밤 배가 고파 잠이 들지 못하거나, 잘 곳이 없어서 방황하지 않았다. 삶 속에서 나는 나보다 더 흙냄새가 나는 삶을 다른 친구들에게 느낄 수 있었다. 나는 그만큼은 아니었다. 그러나 나는 평범함을 동경했다. 밥을 굶지는 않았으나, 겨우 단무지 한 조각만 들어있는 김밥 도시락을 친구들 앞에서 꺼내어 먹고 싶지 않았고, 나이 드신 할머니가 실수로 설탕을 쏟아 넣어 끓인 김치찌개를 일주일씩 먹고 싶지 않았다. 그리고 먹는 것과 자는 것 외에도, 무엇보다 나의 삶을 살고 싶었다. 사람들은 얌전한 나와 누나를 칭찬하면서도, 또래들은 하지 않는 빨래나 설거지 같은 것들을 해야 한다고 말했다. 그러나 어린 나는 아픈 할머니의 병을 알고 있으면서도 더 많은 시간을 그것에 쓰고 싶진 않았다. 그보다는 책을 보거나, 아니면 사촌 동생이 물려준 컴퓨터를 하는 것들을 설거지 대신에 하고 싶어 했다. 내 기준에서 그것은 주변의 평범함과 비교해서 크게 사치스러운 것은 아니었다. 나는 그렇게, 일말의 평범함을 동경하고, 어느 정도는 아픈 할머니를 외면하면서 약삭빠르게 나의 삶을 챙겨 넣었다.

그리고 간병에서도 마찬가지였다. 아버지의 사고와 병에 대해서 무한히 나의 삶을 바칠 각오가 되지 않았다. 나는 분가한 한 가정의 가장이었고, 이제 막 돌이 지난 아기와, 평생을 고생을 모르고 살아온 아내가 있었다. 회사에서는 약간의 자부심과 미래에 대한 불안이 있고, 주위 평판도 신경 쓰는 지극히 평범한 회사원이었다. 대단하게 내세울 것도, 특별한 자랑거리도 아닌 이 삶은, 원래는 나의 것이 아니었다. 그 평범함은 악착같이 이뤄낸 것은 아니었더라도 다른 이들에게는 굳이 필요하지 않았을 다소의 비겁함을 더해 얻은 것이었다. 그리고 난 또, 다소의 비겁한 생각을 하고 있었다. 나에게 이 평범함이 사라지지 않기를. 여전히 평범한 가정의 아빠이자 남편으로, 회사에서는 일개 직원으로, 점심을 먹고 커피를 마시며 올해의 성과급은 어떻게 될지 이야기하고 새로운 기획에 대해서 이야기하고 주말에는 가까운 공원에 아이와 함께 산책하며 연휴에는 나들이라도 갈 계획을 세우는 정도의 삶을 계속하고 싶었다. 내 기준에서 그것은 주변의 평범함과 비교해서 크게 사치스러운 것은 아니었다. 아버지는 평생을 보일러를 고치고, 도배를 하고, 수도를 고쳤다. 아버지는 그 삶을, 너무 어린 나이에 구렁텅이로 떨어져 앞이 보이지 않는 누나와 나의 평범한 삶을 위해 살았다. 그러니 아마도 아버지는 같은 선택을 하였을 것이다. 재활병원에서 며칠이 안 돼, 나는 아버지를 간병인에게 맡기고 나왔다.

4

아버지의 집은
시간이 멈췄다

아버지를 간병인에게 맡기고 온 날 밤, 아버지는 홀로 병원을 배회했다. 아니, 그랬다고 한다. 한번 간병인에게 맡기고 떠나온 뒤 나는 한 번도 병동 안으로 들어가 본 적이 없다. 코로나 시대의 병원은 떠난 보호자의 접촉을 일절 허용하지 않았다. 나는 매일 락앤락에 소분한 갈비탕이며, 추어탕이며, 씻고 꼭지를 딴 과일 같은 것들을 들고 병원에 찾아갔다. 아버지를 두고 나온 마음이 그렇게 하면 조금 나아질까 싶었다. 그러나 간병인은 이렇게 먹을 걸 매일 가져오면 너무 불편하다고 불평을 했다. 한번 보낸 그릇들은 돌아오지 않았다. 병원에 들어가 보지 못하는 나는 음식들이 아버지께 닿지 않을까 걱정했다. 아버지는 침울해 보였다. 어린이집에서 엄마가 떠날 때 우는 아이와 같이, 내가 떠날 때 아버지는 침울했다. 아버지는 약해졌고, 보호자가 필요했으며, 알고 기억하는 사람이 적었다. 아버지는 음식이 아닌 보호자인 내가 없어서 기운이 없었다.

아버지는 병동을 옮기고 나서야 회복되었다. 어려운 선택이었지만, 아버지를 간병인이 없는 '간호간병 통합' 병동으로 옮겼다. 병원은 아버지의 떨어진 인지력을 걱정했으나 혼자서 무언가를 할 수 있는, 해야만 하는 환경이 아버지에게 활기를 주었다. 아버지는 다시 밝아졌고, 허세를 부렸다. 여기서 자신이 세수도 하고 면도도 하고 심지어는 빨래도 한다고 말했다. 평생을 혼자서 집안일을 다 해왔던 아버지는 그런 일들을 직접 하는 쪽이 익숙했을 것이다.

그러는 사이에 나는 조금 더 일상을 찾을 수 있었다. 그리고 벼르고 벼르던 시간을 내어, 아버지가 살던 집에 갔다. 3년 전, 서울에서의 직장을 은퇴하고 시골로 내려가 농사를 지으러 이사한 아버지의 집. 병동에 갇혀 있는 동안 밀린 관

리비만을 내며 '대체 그곳은 어떻게 되어 있지?'라는 생각만
하고 한 번도 가보지 못한 곳에 가보았다.

사고가 있던 날, 아버지는 전화를 걸어 서울로 올라오는
기차표를 샀다고 말했다. 그리고 몇 시간 후 사고가 났다. 기
차 시간을 몇 시간 앞두고 아버지가 어디로 가려고 했는지는
아무도 모른다. 다만 아버지의 집은 그 외출이 길게 의도되
지 않았음을 보여주고 있었다. 잠시 나갔다 다시 돌아올 생
각으로 다소 부주의하게 정리되어 있는 집. 흩어져 있는 옷
과 신발, 식탁 위의 바나나 한 송이, 그리고 음식들이 다 정
리되지 않은 주방이 그대로 멈춰져 있었다. 그 후, 아버지가
병원에 있고, 나와 누나가 번갈아 가면서 회사와 병원을 오
가는 동안 아주 잠시의 외출만을 생각했던 빈집은 생각지 못
한 긴 시간의 외출을 맞았다. 그 사이에 모든 것은 그대로 멈
춰 있었으나, 먹을 것이 남아있던 냄비 속에서는 수많은 생
명이 만들어지고 있었다. 비어 있는 집과 남은 찌개, 식탁 위
의 바나나는 작은아버지의 집을 생명 실험실로 만들기에 충
분했다. 내가 도착했을 때는 날아다니는 수많은 생명체들이

방안을 뒤덮고 있었고, 사체가 바닥을 채우고 있었고, 뒤를 잇는 새로운 생명이 냄비 속에 끓어 넘치고 있었다.

벌레로 가득한 아버지의 집을 수습하는 데에는 시간이 많이 걸렸다. 수많은 구더기와 파리들의 흔적을 거둬내자, 방은 다시 5월의 어느 순간으로 멈춰졌다. 잠시라도 정리하려는 시도가 없어서 더 그렇게 느껴졌다. 나는 아버지의 방을, 그렇게 주의 깊게 살펴본 적이 없었다. 아버지가 찌개를 끓이거나 이불을 정리하지 않고 빨랫감들을 아무렇게나 내팽개쳐 놓는 일들은 나와는 아무런 상관이 없는 일이었다. 나와는 상관없이 아버지의 일상에만 존재하는 것들이었다. 그러나 모든 것들은 무심코 남겨져 흔적이 되었다. 그 모든 것들은 반대로 '사라진 어떤 존재가 있었지.'라고 말하고 있었다. 아버지는 여전히 살아계셨으나, 기차표를 사고, 찌개를 끓여 점심을 차려 먹고, 자전거를 타고 볼일을 보러 가는 아버지는 없어졌다. 낯설었다. 대체 무슨 일이 일어난 걸까.

아버지를 곁에서 간병하는 동안에는 아버지의 부재를 느

낄 새가 없었다. 아버지는 항상 옆에, 단 10분도 떨어지지 않은 채 있었다. 그러나 지금 이 집에 흔적을 남긴 아버지는 없다. 그 아버지는 사라졌을까. 혹시라도 섬망이 심해지는 새벽 4시나 5시쯤. 낯선 병원에서 눈을 뜨면, 혹시라도 모든 의식과 생각들이 돌아오는 순간이 있을까. 그런 상황이 오면, 무슨 생각을 할까. 어느 날 갑자기 말도 할 수 없고, 움직일 수도 없고, 무언가 생각만 하려고 하면 머리가 아픈 이 상황에 눈물을 흘릴까. 나는 지금 아버지는 어떤 생각을 하고 있을지 짐작조차 할 수 없었다. 아버지의 성격과 말투를 가지고 있었지만, 몇몇 기억들은 없고, 진지하거나 깊은 이야기는 생각도 할 수 없었다. 그날, 아버지가 기차표를 사놓고 어디를 가려고 했는지 물어도 대답할 줄을 몰랐다. 아버지는 여전히 병원에서 세수와 빨래를 하고 있지만 이 집에 흔적을 남기고 있는 아버지는 없었다. 대체 무슨 일이 일어난 건지 알 수 없었다. 알 수 없는 수수께끼에 빠져버렸다.

그렇게 아버지의 집을 정리하고 돌아오는 길은 어지러웠다. 그리고 집으로 돌아왔을 때, 나는 우편함에서 조금은 두

툼한 편지봉투 하나를 보았다.

　보낸 이 대전광역시 동구청 사회복지과

　보낸 이와 받는 이가 출력해서 붙여져 있지만, 사람의 손
으로 부쳐진 것이 틀림없는, 그냥 통상적인 고지서는 아닌
하얀색 우편물이었다. 고지서가 아니라고 확신할 수는 없었
다. 보낸 이는 대전광역시 동구. 행정기관에서 보낸 것이니
고지서일 수도 있다. 내가 아주 어릴 때는 동구에서 살았다
고 들었다. 그러니 이제 와서 뭔가의 연고를 찾아 안내문이
나 고지서가 하나쯤 올 수 있다고 생각할 수 있다. 그러나,
왜인지 모르게 그것을 보는 순간부터 나는 이것이 위험하거
나 부끄러운 것처럼 느껴졌다. 주변엔 아무도 없었지만 나는
그것을 급히 가방으로 집어넣었다. 숨겨야 할 것을 미리 발
견이라도 한 듯이.

5

엄마,
사실은 보고 싶었어

엄마를 만났을 때였다. 나는 엄마가 들고 있는 우편물에 관심이 있었다. 왜냐하면 그 우편물에는 익숙한 듯 낯선 이름이 쓰여 있었기 때문이다. '최성례' 나는 그 이름을 어디선가 들어본 적이 있는 것 같았다, 엄마가 말하는 내용에 아랑곳하지 않고, 그 이름이 누구였는지에 대해 골몰했다. 그 이름의 정체는 한참 뒤에, 집에 가는 길에서야 생각이 났다. 그 이름은, 엄마의 이름이었다.

"미친 여자는 엄마가 아니야."

라고 말했다. 나는 그렇게 말하면 할머니와 고모들에게 칭찬을 받을 줄 알았다. 항상 엄마가 얼마나 문제가 많은지 듣

곤 했으니까. 그러니까 내 딴에는 칭찬을 받고 싶어서 꽤나 용기를 내 그렇게 말했다. 하지만, 고모들은 그렇게 말하면 안 된다고 말했다. 엄마를 그렇게 말하는 건 못된 일이라고 했다. 나의 용기는 헛된 것이었다.

“저희 엄마는 정신병원에 있는데요.”

처음 들어간 학교에서 한 명씩 엄마와 아빠는 무슨 일을 하는지 선생님 앞으로 나아가 이야기를 했다. 내 차례가 되었을 때, 나는 엄마에 대해서 그렇게 말했다. 나는 학교라는 곳이 어떤 곳인지 잘 몰랐다. 그리고 그 수업 시간이 끝났을 때, 아이들은 우르르 나에게 몰려왔다. 초등학교 1학년에게 정신병원이라는 곳은 새롭고도 신기한 존재였다.

“배가 아파서 다시 입원했어.”

그리고 내가 다시 2학년이 되었을 때, 누군가가 나에게 물었다. 너희 엄마 아직도 정신병원에 있느냐고. 내가 엄마가 정신병원에 있다고 말한 이후로, 고모는 나에게 신신당부했다. 그런 얘기는 누구한테도 하면 안 되는 거라고. “정말 친한 친구한테도요?"라고 되물었을 때, 고모는 "응, 누구한테도."라고 대답했다. 그리고 그 이후로 그 얘기를 누구한테도 한 적이 없다. 이제 막 여덟 살 된 아이에게 말한 것 치고는, 그 효과는 굉장했다. 하지만, 2학년이 되어도 누군가는 나에게 물었다. 너의 엄마 아직도 정신병원에 있느냐고. 나는 엄마는 다 나았는데, 아파서 다시 입원을 했다고 했다. 그 친구는 다시 물었다. 어디가 아프냐고. 나의 대답은 궁색했다. 배가 아프다고. 이제 막 아홉 살이 된 내가 생각할 수 있는 아픈 곳은 기껏 배가 아픈 것이었다.

"엄마를 정말 많이 닮았네."

내가 컸을 때, 정말 많이 컸을 때, 할아버지의 누님의 아들이 되는 분이 그렇게 말했다. 누구도 엄마에 대해서 이야기하지 않는 우리 집에서는 아무도 그렇게 말하지 않았다. 나는 엄마가 어떻게 생겼는지도 몰랐고, 내가 누구를 닮았는지에 대해서도 생각하지 않았다. 다만, 막연히 내가 누나보다는 아빠나 할아버지, 할머니를 덜 닮았다고 생각했다. 그리고 '할아버지의 누님의 아들'되는 분이 그렇게 말했을 때, 나

76

는 이해했다.

엄마를 만난 것은 대학에 가기 전이었다. 여전히 할아버지, 할머니, 누나와 내가 살던 곳에 할아버지, 할머니가 살아 계시던 때에 집 전화로 연락이 왔다. 그 집은 엄마도 알고 있었고, 집 전화도 있었다. 할머니는 엄마를 가장 싫어했다. 아버지의 인생을 망친 것은 모두 엄마 때문이라고 했다. 그렇지만 그렇게 시간이 지나 어찌할 수 없어 보였던 손녀, 손자가 아프지도 않고, 키도 180이 넘게 크고, 학교에서 공부도 썩 잘해서 서울로 대학을 가게 되었을 때, 할머니는 엄마가 죄가 없다고 했다. 안타깝다고 했다. 그렇게 엄마를 보게 되었다.

엄마는, 마치 나를 어제도 보고 그제도 본 것처럼 행동했다. 눈물을 훔치며 사무치는 재회 같은 것은 없었다. 엄마는 약을 먹고 있었고, 몹시 산만했으며, 이 얘기를 했다가 저 얘기를 했다. 놀랍게도 엄마는 운전을 할 줄 알았다. 엄마가 운전하는 차를 타는 것은 불안했다. 운전을 해도 되는 것일까.

싶을 정도로 엄마는 산만하게 운전했다. 엄마는 마치 아기를 갓 낳은 수달이 새끼를 여기저기 자랑하듯 여러 사람에게 나를 보여주고 싶어 했다. 나는 누구누구라고 말하는 모르는 이들을 만나며 인사를 하고 다녔다. 그리고 엄마가 살고 있다는 집에도 들어갔다. 그곳은 어떤 가정이었다. 그들이 완전한 하나의 가족이었는지, 아니면 여러 가지 사정으로 모인 사람들의 집합체였는지는 잘 모른다. 어쩌면 그 둘 다의 조합이었을 것도 같다. 그리고 그중에서 가장 중심이 되는 분은 나에게 말했다. 그의 말은 산만하지 않았다. 그는 나에게 얼마나 많은 비용이 드는지를 말했다. 엄마와의 재회를 하며 나는 그 생각을 해본 적이 없었다. 나는 이제 막 대학생이었고, 돈을 벌기보다는 쓰는 쪽이었고, 엄마와의 재회를 다소 긴장하며 기대하였으나, 돈에 대한 얘기가 나올 줄은 생각하지 못했다. 그는 이야기를 꽤 길게 했으나, 나는 어서 이 자리를 떠야 할 것 같다는 생각이 먼저 들었다.

나는 항상 비겁했다. 나는 고등학교 3년 내내 컵라면 한 번을 사 먹어본 적도 없고, 교복은 직접 손빨래해서 입었지만,

그 정도는 당연히 내가 감당해야 할 현실이었다. 나는 더 많은 것들을 감당해야 하는 죄를 짓고 태어났다. 할머니를 위해 설거지도 더 많이 하고, 운동화 빨래도 해야 했지만, 나는 그 시간에 책을 읽고 컴퓨터를 했다. 이제 막 대학생이 되었을 때, 나는 엄마를 만나 감격적인 재회를 기대했지만, 엄마의 생계를 담당하는 교인들에게 비용 부담에 대한 이야기를 들어야 했다. 나는 또 배신을 했다. 고작 일곱 살 된 아이가, 엄마가 없으면 잠을 잘 수 없다고 말하던 아이가, 고작 칭찬을 받고 싶어서 모두의 앞에서 "미친 사람은 엄마가 아니야."라고 말했다. 이번에도 나는 또 그렇게 말했다. "이 분은 제 어머니가 아닙니다. 이 분의 생계와 비용은 당신들이 알아서 해주세요. 저는 제 인생을 살고 싶어요. 저는 충분히 어렵게 살고 있는걸요." 말로 하지 않았지만 그렇게 말한 것과 같았다. 나는 다시는 엄마에게 연락하지 않았다. 그리고 할아버지, 할머니와 함께 살던 집이 없어지고, 그 집의 집전화도 없어졌을 때, 엄마는 가족관계증명서 상에 '사망'이라는 표시가 없는 것으로 생존을 알게 되는 존재가 되었다.

그리고 시간이 더 지나, 내가 아빠가 되었을 때, 딸은 그렇게도 밤마다 울었다. 그렇게 울면, 안고 달래기를 매일 1시간씩 했다. 딸을 안고, 섬집아기도 불러주고, 등대지기도 불러주고, 하늘나라 동화나 아빠와 크레파스 같은 동요들을 불러주며 토닥이면, 나는 좋았다. 딸을 안고 노래를 부르면, 울음에 지쳐 가냘픈 고개를 내 어깨에 묻고 잠드는 딸이 나는 좋았다. 어느 날은 힘들었다. 너무 힘든 날에는, "아빠 힘든데 왜 이렇게 우니."라고 화를 냈다. 한번 화를 내었을 때 크게 우는 딸을 보고 이틀을 내내 마음이 아팠다. 우는 아이가 무슨 잘못이 있어 화를 냈을까 하며, 마음이 아팠다. 그렇게 몇 달이 넘게 안고 달래고를 반복하며 생각했다. 다 큰 내가 아직 어렸을 때, 내가 기억하는 것보다도 훨씬 더 어렸을 때, 이렇게 울면 누가 나를 안고 달래줬을까. 늦은 새벽, 울음을 잘 그치지 않는 아이가 잠들기 어려워하면 나에게도 안고 달래주는 누군가가 있었을까. 누가 나를 어루만지고, 누가 나에게 노래를 불러주고, 또 그러는 중에도 나에게 사랑스럽다고 말해주었을까.

어느 날이었다. 인스타그램에서 어릴 때 보던 둘리의 영상을 보았다. 둘리가 타임 코스모스를 타고 과거로 돌아가 엄마를 만났다가, 희동이의 장난으로 다시 현대로 돌아오는 영상이었다. 둘리는 과거로 돌아가 엄마를 만나자 말했다. "나는 이제 엄마랑 같이 살 거야.", "엄마, 보고 싶었어."

내가 기억하는 나는 그 한여름의 어느 순간 이후로, 단 한 번도 2인칭의 '엄마'라는 말을 불러본 적이 없다. 어두운 밤, 할아버지가 라디오에 트로트도 틀어주고, 뉴스도 틀어주다 계속 우는 내가 답답해서 담배를 피우던 그때에도, 나는 '잠이 안 와서' 울었다. 어린 나는 한 번도 엄마가 보고 싶다고 말한 적이 없었다. 미친 엄마는 엄마가 아니라고 말했다. 그런데 어느 날, 둘리의 한 장면을 보았던 날, 나는 가슴이 두근거렸다. 나는 사실은, 정말로 사실은, 이렇게 말하고 싶었다.

"엄마, 엄마, 사실은 보고 싶었어. 엄마, 보고 싶었어."

6

부양의무자
부양불이행 사유서

제목: 사회보장급여 신청자의 부양의무자 조사에 따른 사실 확인 서류제출 요청

1. 귀 가정의 건강과 행복을 기원합니다.

2. 귀하의 모) 최성례 님은 국민기초생활보장 급여 신청을 하여 조사 중에 있으나, 귀하와의 가족관계 해체를 주장하여 국민기초생활 보장법에 의거 붙임과 같이 관련 자료 제출을 협조 요청하오니 2022.6.16까지 제출하여 주시기 바랍니다.

3. 아울러 국민기초생활 보장법에 의거 선보장 후 수급자에게 부양 능력을 가진 부양의무자가 있음이 확인된 경우에

는 보장 비용 징수 원칙에 따라 귀하께서 제출하신 자료를 근거로 우리 구 생활보장위원회의 심의 의결을 거쳐 부양의무자로부터 보장 비용을 징수할 수 있음을 알려드립니다.

주요 조사 내용: 부양의무자 가족관계 해체 여부 (신청인에 대한 연락 여부, 부양 여부 또는 가족관계 해체 여부 등을 확인하고자 함)

붙임: 부양의무자 부양 불이행 사유서 서식, 금융 정보 등 제공 동의서

대전광역시 동구청장

아버지의 집을 치우고 돌아오는 길에 확인한 편지는 이것이었다. 나는 편지를 읽고, 덮고, 숨기고, 누웠다. 더는 생각할 수가 없었다. 감당하기 어려운 어둠이었다.

왜 하필 지금이었을까. 어떤 장난일까 이것은. 30년 넘게

끊어진 모자 관계에 대한 소명은 꼭 지금이어야 했을까. 아버지가 무너지고, 나도 무너지고 있는 이 순간에, 기필코 나를 가만두지 않겠다는 누군가의 의지일까.

어려웠다. 사실 난 어머니를 찾는 방법을 찾고 있었다. 공무원인 주변 지인을 통해, 합법적으로 어머니의 소재를 찾는 방법을 배웠다. 너무나 간단한 일이었지만 그것은 주민등록초본을 떼는 것으로 가능했다. 내가 아버지의 주민등록초본을 뗄 수 있는 것처럼, 방 안에 앉아 몇 가지 인증만 하면 엄마의 초본도 내가 뗄 수 있는 것이다. 나는 기묘한 관계를 느꼈다. 볼 수도 기억할 수도 없지만, 정부는 나에게 여전히 가족관계가 있다고 말하고 있었다. 내가 가깝게 느낄 수 있는 그 누구보다도 가까울 뿐만 아니라, 그에 대한 일정한 권리와 의무도 있는 사이가 여전히 유효했다. 적어도 살고 있는 주소는 쉽게 찾을 수 있었다.

그러던 중에 청구서가 날아왔다. 이 서식은 나에게 또다시 선택을 말하고 있었다. 이제는 철부지 대학생은 아니었지만 청구서의 값은 더 올라있었다. 어머니와 연락, 상봉, 그리고 내 마음이 불편하지 않을 정도의 금전적인 지원은 쉽게 허용되지 않았다. 그것을 위해서는 더 많은 값을 치러야 했다. 한 사람을 부담해야 하는 피부양자의 책임은 오롯이 나의 것이거나 국가의 것이어야만 했다. 나는 알고 있다. 한 사람이, 한 생명이, 얼마나 많은 돈을 필요로 하는지를. 그 돈은 부족한 사람만이 알고 있다. 더 많은 돈을 쓰는 사람은, 그 돈이 얼마나 많은지를 생각하지 못한다. 그들은 그 돈을 헤아려볼 일이 없다. 지구에서 사람이 숨 쉬는 데 필요한 산소의 농도를 생각할 필요가 없는 것처럼. 오직 부족한 사람만이 느끼고 헤아려본다. 숨쉬기 위해 얼마나 많은 산소가 필요한지. 그러니 나는 이 청구서가 얼마나 큰 것인지를 알고 있다. 그것은 내 마음이 불편하지 않을 정도의 금액을 아득히 뛰어넘는 숫자일 것이다.

국가는 나에게 선택을 요구하고 있었다. 완전한 단절, 또는 완전한 부양이었다. 그리고 그 선택에 대해 충분한 해명을 요구하고 있었다. 나는 답을 이미 내렸다. 완전한 단절이다. 어설픈 나의 개입은 어머니를 더 어렵게 할 것이다. 어머니는 내가 일곱 살 때 이미 내 삶에서 없었으며, 지금의 나는 어머니가 아닌 할아버지, 할머니와 아버지, 여기에 더해 나와 누나를 돌봐 주었던 고모들, 나에게 옷 한 벌씩을 사주었던 작은어머니, 동화책이나 잡지 같은 것들을 물려준 사촌 형 누나들, 나를 대신해 지원금을 신청해 주신 선생님, 공부 잘하는 가난한 아이를 위해 할머니에게 돈을 빌려주었던 이웃 사람들, 이런 사람들의 보살핌으로 성장했다. 그러니 답은 자명했다. 단절, 해체, 그리고 소명이다.

어려운 것은 소명이었다. 초등학교 입학 이후로 누구에게도 말한 적 없고, 입 밖에 꺼내어 볼 일이 없는 이야기를 나는 글로 적어야 했다. 그리고 그것의 목적은 어머니와의 완전한 단절. 나는 가장 냉정한 방식으로 이 이야기를 써내야 했다. 나는 언젠가 이 이야기를 글로 적어야겠다고 생각했다. 흔하고 하찮은 이야기이지만, 나에게만은 무겁고 어려운 이야기를. 그러나 그 기회는 전혀 다른 방식으로, 뜻밖의 상황에 주어졌다. 그날 밤 나는 또 둘리의 한 장면 속을 허우적대며 자다 깨었다 잠들었다. 꿈속에서 공룡과 엄마와 나와 둘리가 마구 뒤섞였다.

소명의 글은 그날이 지나도, 그다음 날이 지나도 쓰지 못했다. 나에게만은 어려운 일인 것이다. 그러나 어른이 된다는 것은, 이런 글을 쓰기도 해야 하는 것이다. 언젠가는 더 심한 글도 쓰게 될 것이다. 어린 나는 미친 엄마는 엄마가 아니라고 말하지 않았나. 나는 기어코 그 글을 쓰고 말았다. 나는 적금도 붓고, 퇴직연금도 붓고, 상해보험에 암보험까지 들고, 부동산 대출이자도 내면서, 심지어는 유튜브 프리미엄도 보면서, 어머니만은 내 돈으로 부양할 수 없다고 말했다. 그리고 그 사유를 길게도 적어서, A4 용지에 출력했다. 거기에는 어머니의 이름과 내 이름. 그리고 둘 사이의 관계, 그리고 '가족관계 해체'라는 내용이 들어있었다. 어머니와 헤어질 때의 나의 나이로부터 시작해, 어머니가 부재한 성장 과정, 그리고 지금의 현황을 적은 뒤 이렇게 마무리했다.

"이후로도 본인이 직업을 구하고 새로운 가정을 꾸리는 모든 상황에서도 모친과 어떤 교류도 없었으며 사는 곳과 연락처도 모른 채로 현재까지 지내왔습니다. 이와 같이 실질적으로 모친과의 가족관계는 단절되어 가족이지 않은 상태에 있으며, 이러한 사실을 소명합니다.

본인은 상기와 같이 사실대로 부양 불이행 사유서를 제출합니다.

소명자: 한 여 름"

내 기억이 닿지 않는 곳에서, 어린 내가 잠들지 못할 때 누가 나를 달랬을지 궁금하다는 말은 하지 않았다. 아주 어린 나에게는 보살펴 주는 엄마가 있었을 거라는 말도 쓰지 않았다. 종종 엄마랑 같이 살던 때로 돌아가 '모든 것이 다 꿈이었구나, 이제 다시 엄마랑 사는구나.'라고 생각하는 꿈을 꾼다는 말도 남기지 않았다.

88

3부

죽음

"아버지는 돌아가실 것이다. 아버지의 삶은 과정이었으나, 이제는 다른 과정은 없다. 죽는 아버지 곁에 누워 나는 아무 말도 하지 않고, 아버지도 아무 말도 하지 않고, 불도 켜지 않고, 그렇게 잠이 들었다."

감정으로
아픈 것과는 다른

상처가 났다. 새벽에 칼질을 하다가 크게 베었다. 처음엔 몰랐는데 피가 많이 나서 응급실에 갔다. 상처가 났지만 건강하기에 택시를 불러 내 발로 응급실에 갔다. 집에서 가장 가까운 응급실은 아버지가 있던 병원은 아니었다. 하지만, 이젠 병원 자체에 익숙하다. 쉽게도 응급실 입구를 찾아 들어갔다.

"접수부터 하고 오세요."

지금 이렇게 피가 나는데, 접수부터 하라니. 환자 보호자로서는 쉽게도 드나들던 응급실 입구는 환자로서는 들어가기도 전에 제지당했다. 그러나 어쩔 수 없는 일인 것을 알고 있다. 이곳은 오늘도 수많은 일들이 일어날 것이고, 잘은 모르지만 이 응급실에서 오늘도 한두 명쯤은 죽을지 모른다. 그리고 여기 있는 이들은 이 하루를 매일의 직업으로 삼고 있는 사람들이다. 베인 상처 정도는 우선순위가 떨어지는 것이다. 그러니 고분고분 접수부터 하고 순서를 기다린다.

한참을 기다려 응급실에 들어갔다. 내 침상이 있다. 오랜 병원 생활에 처음으로 내 침상을 배정받았다. 드디어 환자가 되었다. 침상, 좁디좁은 보호자 간이 의자에서 쪽잠을 자며 아버지의 침상에 한 번 누워본 적이 있다. 아버지가 재활 테스트를 하러 갔을 때, 잠시 빈 아버지의 침상에 누워보았다. 열악한 보호자의 간이 의자와는 다르게 침상은 안락했다. 이번에는 환자로서 침상에 누웠다. 환자로 눕는 침상은 그때만큼 안락하진 않았다.

침상에 누워 휘도 높은 병원 천장 등을 바라보자니 이게 무슨 일인가 싶다. 문득, 손이 꽤 아픈 것 같았다. 피도 꽤 많이 났고. 이걸 꿰매려면 아프려나. 새삼 겁도 조금 났다. 오랫동안 병원에서 생활했지만 환자의 역할로 병원 침상에 누우니 새로운 기분이다. 누구나 그렇듯이 대신 아파줄 수는 없다. 내 뇌와 연결된 말초신경계의 통각은 감정으로써 아픈 것과는 다른 살아있는 감각이었다. 아프다는 것이 어떤 것이었는지를 내 손이 다쳐서야 알았다. 문득 아버지가 침상 위를 뒹굴며 수많은 링거줄을 꼬이게 만들었을 때, 나는 두통으로 괴로워하는 아버지의 감각은 몰랐던 것을 알았다.

당직 간호사가 커다란 통을 끌고 왔다. 사람 하나는 거뜬히 들어갈 만한 통은 핏물이 반쯤 차 있었다. 그리고, 그 옆으로 1리터짜리 생리 식염수 네 통을 열 지어 세워놓았다. 그리고는 상처 난 내 손을 핏물 통 위로 가져갔다. 지혈했던 수건을 풀자, 피가 다시 샘솟아 나왔다. 상처 부위가 잘 보이지 않는지, 상처를 더 벌리며 식염수를 부었다. 한 통, 두 통, 세 통, 네 통을 다 쏟아부어도 상처가 잘 보이지 않자, 식염수 통을 더 가져왔다. 그때부터는 조금 어지러워 몇 통을 더 가져왔는지는 기억나지 않는다.

"저… 어지러운데요."

간호사는 대답조차 하지 않는다. 기어코 내가 정신을 잃고 나서야 간호사는 나에게 관심을 가진다. 다시 눈을 떴을 때, 다시 한번 내가 어디이고, 어째서 이 시간에 여기에 있는지 생각하는 데 약간의 시간이 걸렸다. 서너 명의 간호사가 나를 부축해 침대에 눕히고 있었다. 이제야 걱정스럽게 이것저것 질문을 하는 간호사에게 대답을 하면서, 천정의 조명이 너무 환하고 하얗다고 생각했다. 아버지도 이런 식으로 눈을 떴을까. 이토록 차가운 조명에 눈을 떴을 때 '이곳이 병원이구나. 맞다, 내가 다쳤구나. 나의 일상은, 나의 몸은, 전과 다르게 되었구나.'라고 생각하게 됐을까.

당직 외과의는 한참을 기다린 후에 왔다. 어쩌면 오늘 당직이 아니었을지도 모른다. 하필이면 덜렁이 환자가 새벽에 응급실에 와서 자던 잠을 멈추고 이곳에 왔는지도 모른다. 그는 환자에겐 무관심한 태도로 내 손을 꿰맬 준비를 했다. 말이 없는 그는 상처 부위에 마취 주사를 놓을 때는 좀 아프다고 말했다. 이런 곳에서 환자에게 '아프다'라고 미리 말을 하는 것은 정말 많이 아프다는 뜻이다. 나는 소리 없이 입 모양으로만 비명을 질렀다. 꿰매는 일은 오래 걸렸다. 다 꿰매고 나니 새벽 4시쯤 되었다. 다시 추가로 수납을 하고, 약을 받고 썰렁한 새벽 거리에 나서니, 대체 이건 또 무슨 일일까. 싶었다. 아무래도 2022년은 너무 많은 일들이 일어난다. 내일은 또 아버지 면회를 가야 하는데, 잘 시간이 많이 없다. 이 손으로 아이를 안을 수 있을지도 걱정이 된다.

다음 날, 아버지의 면회는 취소했다. 대신에 며칠이 더 지나, 외래 진료를 핑계로 한 면회 외출을 갔다. 붕대를 감은 내 손을 보고 아버지는 연신 말했다.

"야, 그건 아니다. 야, 그건 아니다."

아버지가 말할 수 있는 몇 가지 단어로 내 손을 걱정하는 것이 웃겼다. 대체 아버지가 날 걱정할 상황인가.

외래 진료를 핑계로 한 외출은 뒤늦게 찾아낸 방법이었다. 아무리 코로나라고 해도 환자는 외래 진료가 필요한 일이 있고 이를 막지 않았다. 입원 중에는 일체의 접촉이 불가하지만, 막상 외래 진료를 가면 같이 차도 타고 밥도 먹고 반나절 이상을 함께 있을 수 있었다. 그래서 전에 입원했던 병원의 신경외과 외래뿐만 아니라, 오랫동안 중단되었던 임플란트 치료도 다녀오고, 골절 수술한 부위도 확인하러 다녀오는 식으로 외래 외출을 잡아갔다. 그전에 MRI 사진상에 걱정스러운 부분이 있다는 소견도 받아, 대학병원에 외래 진료도 신청했다. 아버지가 당장 뇌출혈로 전원을 하려고 할 때는 그렇게 옮기기 어렵던 대학병원이지만, 신규로 외래 진료를 신청하니 쉽게 예약을 잡을 수 있었다. 그렇게 본격적으로 서울의 큰 병원에 진료를 볼 수 있게 되었다. 다만, 새로 CT며 MRI를 촬영해야 했다. 그렇게 처음 예약을 하고 한 달이 지나 진료 한번, MRI 촬영 예약을 잡고 한 달이 지나 또 촬영 한번, 이렇게 두 달이 훌쩍 지나갔다.

그렇게, 이제야 대학병원의 소견을 들으러 가는 것이다. 소견을 들으러 가는 날은 화창했다.

그저 울고 싶지
않았던 것이다

"수술은 어렵습니다. 수술을 하면 아마 의식도 돌아오지 않을 거예요."

그는 무감각하게 말했다. 그리고 설명도 짧았다. 대체 신경외과 의사는 무슨 일들을 하길래 모두들 이렇게 무감각할까. 그가 명확하게 말하지 않았기에, 그의 설명이 자세하지 않았기에, 나는 본능적으로 좋은 해석을 해보려고 했다. 그러나 명확했다. 신경교종이고, 그것은 좋지 않은 결과를 의미했다.

"최대한 빨리 조직검사를 할게요. 나가서 안내받으세요."

　그렇다. 다소 불명확하지만, 그는 죽음을 선고했다. 조금 전, 1시간 넘게 진료를 기다리면서 아버지에게 앞으로의 삶에 대해서 말했다. 그것은 다그침에 가까웠다. "내년 봄에 다시 농사를 지어야 하지 않겠냐.", "이제 병원에서 나가고 싶지 않냐." 모든 말은 재활에 소홀해진 아버지를 다그치기 위한 내용이었다. "언제까지 병원에 있을 것이냐."는 말은 어느 정도 아버지를 자극했다. 숙고하는 표정으로 고개를 끄덕였다. 그러나 진료실에 들어가고 단 몇 분 만에 병원 밖의 삶은 전혀 다른 방향이 되었다.

　진료를 마친 아버지는 말이 없었다. 특별히 말이 없는 아버지가, 인지력이 떨어진 아버지가, 의사의 말을 충분히 이해하지 못하길 바랐다. 왜 그렇게 생각했는지 모르겠다. 그런다고 결과가 달라지진 않을 텐데. 누나와 나는 애써 침착하며, 지금의 외래가 평소의 통상적인 외래 진료와 다르지 않은 것처럼 보이려고 애썼다. 중요한 사건에 대해서 침묵하는 것은 누나와 내가 어려서부터 겪어야 했던 모든 일들에 대한 반응과 다르지 않았다. 엄마가 없어졌을 때도, 하루아

98

침에 할머니 집, 고모 집, 다시 할머니 집으로 사는 곳이 바뀌어 갈 때에도, 누나와 나는 아무 말도 하지 않았다. 그 뒤로 할아버지, 할머니가 돌아가실 때도 한마디 말을 나누지 않았다. 마찬가지로 우리는 진료를 마치고, 간호사실에서 다음 외래를 잡고, 수납 창구에서 결제를 하고 제증명을 떼는 일들을 했다. 누나가 수납을 위해 잠시 자리를 비운 동안, 말이 없던 아버지는 분주히 지나다니는 사람들을 보며 말했다.

"사람들 다 죽는 거여. 이렇게 있다가 다 죽는 거여."

아버지는 뜬금없이 병원에 있는 모든 사람들을 보며 죽는다고 말했다. 아버지도 분명히 무언가를 듣고 이해했다는 것을 알았다. 아버지의 인지력이 떨어졌더라도 알 수 있는 것이다. 오랫동안 아버지는 여러 가지 계획을 세웠을 것이다. 아버지가 어렸을 적에도, 커서 일자리를 잡고 결혼을 하고 나와 누나를 낳고서도 계획을 세웠을 것이다. 나와 누나를 할머니에게 떼어놓고서도 그랬을 것이다. 그리고 아버지가 은퇴를 하고, 귀농을 하는 그 모든 해에도 아버지는 여러 가지 계획을 세웠을 것이다. 그러나 이제는 아버지의 삶에 더는 새로운 계획은 없는 것이다. 천천히 종료를 준비하는 것이다. 그날, 아버지는 다시 차를 타고 재활병원으로 돌아왔다. 여느 때와 같이 병원 로비에서 헤어지는 아버지를 보며, 나 역시 한 번쯤은 재활병원에서 나와 다시 아버지의 삶을 사는 꿈을 꿨다는 것을 생각했다. 불과 몇 시간 전까지 아버지의 재활은 나와 아버지의 삶에 더없이 중요한 것이었지만, 이제는 필요 없게 되었다. 늘 하던 인사처럼 재활을 열심히 잘 받으라는 말은 하지 않았다.

아버지가 병원으로 들어가고 나서도 누나와 나는 그 선고에 대해서 한마디도 하지 않았다. 다만, "앞으로 어떻게 할지 생각 좀 해보자." 정도만 말했다. 오히려 평소보다 빠르게, 더 조용하게 헤어졌다. 돌아가는 길에는 회사에 연락을 했다. 나는 한 달간의 휴직을 통보했다. 회사에는 그래도 다소의 설명이 필요했다. 왜 갑작스럽게 휴직을 통보해야 하는지, 사유를 설명해야 할 때는 말이 잘 나오지 않았다. 누나와 내가 왜 이것에 대해서 아무 말도 하지 않았는지 알았다. 그전에도, 그전에도 아무 말도 하지 않아 왔는지도 알았다.

그저 울고 싶지 않았던 것이다. 말하는 도중에 긴 침묵이 이어졌다. 이를 물고, 소리를 내지 않으려 했지만, 울음이 터져 나왔다. 침착해야 하는데, 그 모든 순간에 나는 잘 참아왔는데, 그렇지만 나는 나의 침착함을 과대평가한 것이다. 아까 전에 진료실 안에서 터뜨려야 했을 울음이 새어 나왔다. 나는 말도 없이 통화를 종료하고 고개를 파묻었다. 모두에게 그렇듯이 아버지가 죽는 것도 있을 수 있는 일이다. 내 주변에 많은 이들이 이미 나를 떠났다. 헤어짐에 익숙하다. 그러니 그만 울 것이다. 그만 울고 나는 곧 다시 침착한 목소리로 회사에 전화를 하고, 방금 전에 아무 일도 없던 것처럼 말할 것이다. 어린 나는 참 많이 울었지만, 이제는 잘 울지 않는다. 그러니 이제 그만 울 것이다.

3

죽는 아버지
곁에 누워

고등학교 때, 나는 이른 아침에 버스를 타고 학교에 가야 했다. 아직 사람이 많지 않은 새벽의 버스를 타고 자리에 앉아 창가에서 잠이 들 때면, 종종 이 버스가 사고가 나서 오늘 죽는다면 어떨지를 생각해 봤다. 어느 날은 괜찮고, 어느 날은 괜찮지 않았다.

오랫동안 죽는 것을 생각했다. 죽으려고 해 본 적은 없다. 그렇지만 자주 죽음을 생각했다. 아주 어릴 땐 죽는 것을 생각하면 무서웠고, 클수록 무섭지 않았다. 나에게 죽음은 어쩐지 조금 따스하고 포근한 느낌이 있었다. 할머니가 돌아가시고 할아버지가 돌아가시고는 무덤에 혼자 가는 것이 좋았

다. 여럿이 가는 것은 좋지 않았다. 조용한 산속의 무덤은 평
안했다.

한동안 죽음을 생각할 겨를이 없었다. 내 곁엔 죽음보다는
생(生)이 빼곡하게 들어섰다. 무엇보다 아이는 생, 그 자체였
다. 존재로서 자신뿐만 아니라, 주변의 공간과 시간에 생을
가득가득 채워 넣는다. 딸은 어째서 생이 아닌 다른 것들을
생각하느냐고 크게 소리쳐 울었다. 울고 자고 먹고, 우리가
'산다'라고 부르는 것이 무엇인지를 앞장서 보여주었다.

아버지가 집에 돌아왔다. 아니, 사실 우리 집에는 아버지
가 산 적이 없다. 처음이다. 그렇지만 어쩐지 돌아온 것만 같
았다. 원래 아버지가 있어야 할 곳은 여기였고, 잠시 다른 곳
에 있었던 것 같다. 집에 오는 길이 너무 쉬워서 더 그렇게
느꼈던 것 같다. 퇴원 수속을 하고, 방에 요와 매트를 깔아놓
고 아버지를 누이는 것으로 집에 오는 것은 끝이 났다. 그간
아버지가 병원에 있었던 것은 아버지의 치료가 아니라, 아버
지가 죽을병에 걸리지 않아서였던 것만 같았다. 죽을병에 걸

려서야 아버지는 집에 왔다.

　아버지가 집에 있는 동안은 두 가지 일을 해야 했다. 이제 막 생으로 가득한 어린 나의 딸을 돌보는 것과 이제 곧 죽게 될 아버지를 돌보는 것. 삶의 가장 앞과 뒤가 우리 집에 있었다. 처음에 집에 올 때는 아버지가 딸보다 할 수 있는 것이 많았다. 아버지는 나의 도움이 필요하지만 숟가락과 젓가락으로 밥을 먹을 수 있었고, 딸은 아직 젓가락을 쓰지 못했다. 딸에게 한 숟갈 한 숟갈 반찬과 밥을 올려 입에 넣어주어야 했다. 그리고 아버지가 다시 우리 집을 나갈 때에는 아버지는 숟가락을 제대로 쓰지 못했고, 딸은 젓가락을 쓸 수 있었다. 나는 딸이 아닌 아버지의 숟가락에 반찬을 올려드렸다. 아버지는 조금씩 시작으로 돌아가고 있었다.

　배변에 있어서도 마찬가지였다. 아버지는 재활병원에서 기저귀를 뗐다. 그리고는 팬티를 직접 빨아 입을 정도로 회복되었으나, 눈에 띄게 회복은 사라졌다. 집에 왔을 땐 하룻밤에도 두세 번 팬티와 바지를 갈아입히고, 이불과 요를 빨

있다. 아예 버릴 생각을 하고 이불 두 채를 샀다. 매일 밤 쉬지 않고 세탁기가 돌았다. 그럼에도 아버지에게 다시 기저귀를 채우고 싶지 않았다. 아버지는 점점 할 수 있는 것이 없었으나, 딸과 하나 다른 것이 있었다. 아버지의 기억이, 가까운 기억에서부터 먼 기억으로 사라져 가는 와중에도, 내가 아버지라 부르던 그 사람 자체는 사라지지 않았다. 아버지는 그 모든 것을 잃어버리는 중에도, 아버지 그 자체를 붙잡고 있었다. 아버지의 다문 입과 허공을 응시하는 눈빛에서 그것을 알 수 있었다. 사실은 나약하고 겁도 많지만, 한 사람으로서 많은 것들을 감당해야 했고, 그것을 자신의 숙명으로 여겨 고집스럽게 자신의 어려움은 끝끝내 한마디도 자식에게는 하지 않는 사람. 아버지였다. 그래서 난 기저귀를 하게 하고 싶지 않았다. 이곳은 병원이 아니기에, 할 수 있는 한은 아버지를 아버지의 위치에 두고 싶었다.

늦은 밤이면 나는 아버지에게 돌아와 곁에 누웠다. 불은 켜지 않았다. 어두운 밤, 침대가 아닌 바닥에 아버지와 나란히 누워있으면, 아버지는 아무 말도 하지 않았다. 그저 조용히 내가 옆에 눕는 것을 보고 다시 눈을 감았다. 아버지와 한 방에 들어와 누운 것이 오래되었다. 그것은 나와 아버지를 아주 오래전으로 데려갔다.

내가 기억하지 못하는 어린 시절에 나는 엄마 아빠와 함께 잠들었을 것이다. 하지만 나에게는 그런 기억이 없다. 내가 기억하는 것은 다만, 할머니 할아버지와 함께 살던 시절에 한 달에 한 번 내려와 자고 가는 아버지에 대한 것이다. 어린 나는 한 달에 한 번 아버지가 내려와 같이 잠들면 좋았다. 할 아버지가 담배를 피우지 않아도, 이불 속에 들어가 온몸을 웅크리지 않아도, 잠들 수 있었다. 아버지가 내 손가락을 하나씩 순서대로 꾹꾹 눌러주었기 때문이다. 나는 같은 방식으로 내 딸이 잠들 때 손가락 끝을 하나씩 마주쳐, 피부가 닿게 해 주었다. 어린 나는, 손가락 하나하나에 닿는 누군가가 나를 보살펴주는 촉감이 좋았다.

그리고 이틀 밤이 지나면 아버지는 새벽 일찍 나갔다. 원 래대로면 아버지는 내가 일어나기도 전에 나갔을 것이지만,

그날은 잠들어 있지 않았다. 어린 나는 가는 아버지를 보지도 않고, 인사하지도 않았다. 나는 자는 것처럼 누워있었다. 누워서 울고 있었다. 크게 울지도 않고 그저 눈을 꼭 감고 가늘게 울었다.

아버지도 아무 말도 하지 않았다. 그저 내 머리를 쓰다듬어 주었다. 할머니는, "이제 가야 하지 않냐, 늦겠다."라고 재촉을 하고, 그럼에도 아버지는 좀 더 앉아 내 머리를 쓰다듬었다. 이윽고 아버지가 일어나 문밖으로 나가도 나는 가만히 누워있었다. 아는 체하지 않고 여전히 누워 가늘게 울었다.

아버지와 함께 누운 어두운 방에서 나는 몇 번씩 그곳으로 갔다 왔다. 정확히 몇 년도인지 모를 어느 일요일 새벽의 방으로. 모든 것은 지난 일이다. 어린 나를 눈물짓게 했던 시간은 그렇게 별일은 아니었다. 아버지가 월요일 출근을 위해 고속버스를 타고 서울에 가는 것뿐이다. 하지만 그 자리에서 울던 나는 내 안에서 계속 살고 있었다. 그러다 문득문득 나타나는 것이지만, 어두운 방에서는 더 자주 나타났다. 나는 죽는 아버지 옆에 같이 누워있어서 좋았다.

그리고 언젠가 내가 죽게 될 때 내 곁에 딸이 있다면 얼마나 좋을까 생각했다. 내 딸은 내가 기억하는 시간들을 기억하지 못할 것이다. 그렇지만 나에게만은 그 시간들이 영원히 멈춰져, 내가 다시 시작으로 돌아가려 할 때에도 그대로 있을 것이다. 과자를 하나만 더 달라고 보채던 때로, 번쩍 들어 하늘까지 안아주면 한없이 해맑게 웃던 시간으로, 그리고 내 품에 안겨 칭얼칭얼 잠투정을 하다 어느새 고개를 떨구고 잠이 들던 때로, 나 혼자서는 몇 번씩이고 돌아갈 것이다. 그러니 내 곁에 잠시나마 딸이 누워있는 시간이 있으면 좋겠다고 생각했다.

시간은 미래로 흐르고, 부모는 죽고, 자식은 부모가 되는 것이다. 한 집에 죽음과 생명이 이렇게 선명하게 있고, 나는 수시로 어린 나와 어린 딸과 아버지의 죽음과 나의 죽음을 생각하며 살았다. 고등학교 때, 나는 버스에 앉아 졸며 생각했다. 지금 죽으면 어떻게 될까. 그 후로 오랫동안 죽는 것을 생각하지 않았다. 그러나 아버지가 집에 있는 시간 동안 나는 매일매일 죽는 것을 생각하고, 죽음을 생각하고, 죽음과 함께 있었다.

아버지는 돌아가실 것이다. 아버지의 삶은 과정이었으나, 이제는 다른 과정은 없다. 죽는 아버지 곁에 누워 나는 아무 말도 하지 않고, 아버지도 아무 말도 하지 않고, 불도 켜지 않고, 그렇게 잠이 들었다.

4

듣지 못한
말

집에 있는 동안 아버지는 머리에 긴 흉터를 남긴 개두술을 했고, 매일 방사선 치료를 다녔으며, 그리고 나서는 항암 약물 치료를 시작했다. 그 모든 상황에서 아버지는 큰 동요가 없었다. 아니, 아버지는 명랑했다. 선고받았던 죽음은 잊어버렸다. 오래된 기억은 남고, 새로운 기억은 자꾸만 사라지는 아버지의 머리는 긍정적인 면이 있었다. 나는 처음 재활 병원에 입원했을 때처럼, 아버지를 계속 데리고 나왔다. 운동을 해야 하고, 운동을 해야 더 좋아질 수 있다고 말했다. 더 좋아질 수 있다고만 말했다. 나을 수 있다는 말은 차마 나오지 않았다.

그러나 명랑한 아버지는 종종 울음을 터뜨렸다. 아버지의 울음을 터뜨리게 하는 것은 〈미스터트롯〉이었다. 나는 매일 아침 아버지와 딸에게 아침을 차려 먹이고, 아버지에게 약을 먹이고, 딸을 어린이집에 등원시켰다. 그러고 나면, 아버지를 목욕시키고 옷을 갈아입히고는 방사선 치료에 나갈 채비를 하는 동안 트로트 방송을 틀어드리고는 했다. 케이블방송 어딘가에선 항상 트로트 방송을 하고 있었다. 그럼 아버지는 그 출연진들을 기억하며, 나에게 알 수 없는 언어로 출연진들에 대해 설명했다. 그러다가는 이윽고 눈물을 쏟으며 울기 시작했다. 여전히 뒤섞인 언어로 이찬원과 나태주에 대해 설명하며 울었다.

아버지가 그렇게 울 때마다 나는 그 울음을 모른척했다. 나는 어찌해야 할지 몰랐다. 아버지의 그 울음이 어떤 의미인지 가늠하지 못했기 때문이다. 〈미스터트롯〉이 아버지의 평화롭고 행복했던 어떤 시간, 당연하다고 생각했던 일상을 떠올리게 하는 것인지, 아니면 유독 트로트 방송만 보면 흘리는 그 눈물이 그저 아버지 머릿속에 자라고 있는 암세포가

만든 오작동일 뿐인지, 나는 알 수 없었다. 우는 아버지를 모르는 척하며 양말을 신기고, 방사선 치료에 데려갔다.

나는 알 수 없었다. 죽음까지 아버지가 슬퍼했는지, 얼마나 슬퍼했는지. 한마디 제대로 된 말 없이 곁에서 천천한 죽음을 지켜보는 일은 어려웠다. 이처럼 수수께끼 같은 죽음이 있을까. 차라리 아버지가 그때 사고로 바로 돌아가셨다면, 차라리 그랬다면, 한 번 크게 슬프게 울고 조금은 그리워하고, 그러다 조금씩 다시 일상으로 돌아오며 그렇게 지나갔을까. 아니면 아버지가 기억과 언어를 잃지 않고, 쓸데없는 고집도 부리고 이런저런 실갱이를 하다가 같이 눈물도 흘리고, 나를 붙잡고 오래전 시간을 이야기하며 찾아오는 죽음을 같이 맞았다면 그건 어땠을까. 안타깝게도 현실은 그 둘 다 아니었다. 1년은 길었지만 그 시간 동안 끝내 아무 말도 하지 못했다. 아버지가 죽기 전에 한 말이래 봐야, "오늘도 병원은 꽤 오래 기다리네요."가 전부였다.

사고가 나기 몇 시간 전, 아버지는 전화를 했다. 전화를 해

서, 농사짓던 땅을 다 팔고 그중에 한 곳만 남겨서 집을 지을
거라고 했다. 그리고 나에게 집을 지으려면 어떻게 해야 하
는지를 물었다. 나는 아버지가 집을 짓는다는 건 있을 수 없
는 일이라고 생각했다. 아버지가 그렇게 돈이 드는 일을 실
제로 행하리라고 생각하지 않았다. 다만 험한 농사일을 좀
정리하고 그만두기를 바랐다. 그뿐이었다. 왜 갑자기 집을
짓겠다고 하는지는 궁금하지 않았다.

사고 나기 며칠 전에는 손녀에게 자전거를 사 줄 테니 골
라보라고 했다. 그러면서 말했다.

"너나 나나 인라인트 스케이트니 뭐니, 그런 거 한 개도 해
보지도 못해 봤고, 지안이는 그런 것도 해주고 그래야지."

그 말은 오래 좀 기억에 남았다. '너나 나나 아무것도 못 해
봤다'는 말이 기억에 남았다. 나는 오랫동안 아버지에게 미
안하다는 말을 듣고 싶었다. "어린 니가 고생했다. 잘해주지
못해 미안하다."라는 말을 한번 듣고 싶었다. 내가 잘한 것
에 대한 칭찬이 아닌, 그저 단 하나, 내가 어려서 고생했다는
사실을 인정받고 싶었다. 그리고 부모로서, 아버지로서, 아

버지가 잘못했든 잘못하지 않았든 나의 고생에 대해 한 마디 미안하다는 말이 듣고 싶었다.

그러나 아버지는 생전 그 말 한마디를 해준 적이 없다. 오히려 아버지는 나보다 더 어려운 사람이 많고, 나는 그래도 꽤 괜찮은 편에 속하며, 오히려 아버지는 고생을 정말 많이 했다는 말만 했다. 딱 한 번 고등학교를 졸업하던 때에 아버지를 붙잡고 내가 했던 고생에 대해서 말했을 때, 아버지는 답이 없었다. 그저 나의 고생은 아버지의 고생에 비하면 별게 아니라는 말만 반복해서 들었다. 그 뒤로 다시는 아버지께 그런 말을 기대해 본 적이 없다.

그런 아버지가 조금의 미안함이라도 비친 것은 그때가 처음이었다. "너나 나나 아무것도 못해봤다." 그 문장에 나는 일부의 지분만이 있고, 책임소재는 분명하지 않았으나, 그래도 내가 경험했던 부재에 대한 최초의 인정이었다.

지난 말들을 하나씩 펼쳐서 열어보면 나는 문득 그런 생각이 들었다. 어쩌면 사고 이전에 아버지는 무언가 알고 있었을까. 아버지에게도 쉽지 않았던 삶이, 그렇지만 아직은 끝나지 않은 것이라 생각했던 시간이, 멈출 수도 있다는 생각이 아버지에게 있었을까. 그것을 나만 모르고 있었을까. 이른 새벽 혼자 있는 시골집에서 멈출 수 없는 구토를 하며, 누군가에게 손 내밀 수 없는 공포심에 아버지도 모르게 나에게 전화를 하려다 멈추고는, 날이 밝고 나에게 전화를 해서 '자전거를 사겠다', '집을 짓겠다' 말했을까.

그런 생각을 하다 아버지의 얼굴을 보면, 다시 난 수수께끼에 빠졌다. 지금쯤 아버지는 어디쯤에 있을까. 어디쯤에서 길을 잃고, 여기에 있는 걸까. 이제 단 1년만을 살 수 있는 아버지는 지금 길을 잃지 않았다면 나에게 무슨 말을 했을까. 그때, 내 열 살 생일에 케이크 하나 사주지 못해 미안했다고, 그리고 나와 누나를 시골집에 두고 올라가던 그날, 사실 아버지는 울었다고, 그런 말들을 해주었을까. 나는 그럼 서울에서 시골집으로 내려가는 날 하나하나의 순간들이 모두 기억이 난다고, 출발하기 전에 누나의 코알라 인형을 넣었던 것, 아버지가 오래 걸릴 거라고 말했던 것, 그리고 시골집에 도착해서 할머니에게 매일매일 열 밤을 자고 집으로 돌아갈 거라고 말했던 것들이 모두 기억난다고, 그때는 모든 것들이 참 어려웠다고, 그제야 아버지에게 말했을까. 그렇게 말했다면 아버지는 나에게 또 무슨 말을 해줬을까. 아버지는 또 내 기억 속에는 없는, 그렇지만 한마디면 모든 것이 다시 떠올라, 다시 그 시간으로 돌아갈 수 있는 무언가를 나에게 말해주었을까.

긴 시간이 있었다. 아무 말도 하지 못했다. 그 한여름 날도, 열 번째 생일도, 아직도 종종 엄마의 꿈을 꾼다는 말도, 아버지가 나와 누나를 서울에 데려와 씻기는 것이 어려운 일인 걸 뒤늦게 알았다는 말도, 주저하다 하지 못했다. 하지 못한 말들은 내 기억 속에만 남아있다가 사라질 것이다. 오랫동안 아버지의 말이 궁금했다. 아버지가 전화로 나에게 '너나 나나 아무것도 못해봤다'라고 말했을 때, 다 하지 못했던 말은 무엇이었을까. 지나면 돌아오지 않는 것들이 있었다. 다 전하지 못하는 말들이 있다는 것을 알았다. 생명이, 사랑이, 아름다움이 영원할 수 없는 것처럼, 말도 영원할 수가 없었

다. 그 말조차도 언젠가는 사라지는 것을 알았다. 지난 말을
찾지 않기로 했다.

5

인생의 중요한
순간들은 병원에서

아버지의 조직검사 일정은 빠르게 잡혔다. 며칠간 집에 머물렀던 아버지는 조직검사를 위해 병원에 입원했다. 입원 날에는 당일 아침까지 연락을 기다리다가, 이윽고 몇 시에 어디로 오라는 문자를 받고서야 병원으로 갈 준비를 했다.

일요일 오후 3시의 대학병원은 오롯이 입퇴원 환자의 수속만 있다. 쉴 새 없이 돌아가는 회전문으로는 마치 여행이라도 가는 듯 가득가득 짐을 챙긴 환자와 환자 가족들이 쉴 새 없이 밀려 들어왔다. 그들은 서로 다른 사정과 결심을 가지고 수납 창구 앞에 모였다. 여러 번 입원과 퇴원을 반복해 본 환자와 보호자들, 언뜻 보기에도 이런 큰 병원에 '입원'씩이나 하는 것은 처음인 환자와 보호자들이 한곳에 모였다. 모두가 초조하고 비장한 마음을 감출 수 없다. 보호자가 나서 환자에게 마음을 단단히 먹으라고 말하는 이들도 있고, 반대로 누구보다 불안한 마음을 감추고 걱정하는 보호자를 다그치는 환자들도 있다. 잔뜩 긴장한 이들이든, 이미 수없이 많은 입원과 퇴원을 해왔을 이들이든, 다음의 운명은 아무도 모른다. 그렇게 모두가 다소의 불안과 다소의 기대로 일요일 오후에 수납 창구에 모여 있었다.

아버지 역시 수납 창구를 거쳐 화창한 일요일 낮에 병상을 하나 배정받았다. 평상복을 벗고 환자복을 입으니 훌쩍 더 아파 보였다. 아버지가 입원한 병동은 신경외과 병동이었다. 이만한 대학병원의 신경외과 병동은 어지간한 문제로는 입원할 일이 없는 곳이었다. 그곳에서 아버지는 아버지보다 두 살 어린, 예순세 살의 환자 옆에 자리를 받았다.

아버지 옆자리의 예순세 살 환자는 병동에서 첫 번째로 기억나는 환자다. 그는 하루 종일, 한시도 끊임없이

"어머니, 저는 죽고 싶지 않아요."

라고 말했기 때문이다.

그가 말하는 어머니는 친어머니가 아니었다. 그 병원에는 그의 어머니도 부인도 자식도 없었다. 그가 부르는 어머니는 자신이 아닌 다른 사람을 간병하는, 건너편의 간병인을 부르는 말이었다. 그는 그녀를 '어머니'라고 불렀다. 그는 두려움을 견디지 못했다. 그는 쉴 새 없이 말했다. 끝없이 말을 거는 그의 수다에 지친 그의 간병인이 자리에 없을 때, 그는 어머니를 목 놓아 불렀다. 그가 "어머니!"라고 부르면, 건너편의 간병인은 "응, 여기 있어, 기도할게."라고 대답하는 것이 전부였지만 그는 누군가를 부르는 것을 그치지 않았다.

그가 가족이 있다는 것은 그의 수술 전날 알았다. 수술 전날, 간호사들은 동의를 위한 가족을 소란스럽게 찾았다. 발을 동동거리는 간호사들은 수많은 통화 시도 끝에 가족과 통화할 수 있었다. 가까스로 연결된 통화 저편의 목소리는 밝은 중년의 목소리였다. 그녀는 지금 병원으로 가는 길이고, 지금 차가 막히고 하루 종일 일과 아이 때문에 바빴는데, 그만 좀 전화하라고 말했다. 그 전날 수술을 앞둔 그가 얼마나 애타게 살고 싶다고 외쳤는지, 그녀는 몰랐다. 어머니는 있는지 모르고, 부인과 자식은 있는 그가 죽음에 이르러, 이곳 6인 병실에서 얼마나 외로웠는지는 옆자리의 내가 알고 그녀는 몰랐다. 그는 혼자 있지 않은지를 계속해서 묻고 찾았다. 한밤중에는 아무도 답하는 사람이 없어서 밤새 혼자 외쳤다. "저는 죽고 싶지 않아요."

커튼 하나 사이로 옆자리인 나는 다행히도 오랜 병원 생활에 익숙해져 그런 소리쯤은 크게 개의치 않고 잠들 수 있었다. 밤새 "저는 죽고 싶지 않아요."라고 외치는 외로움이 그리 낯설진 않았다.

기억에 남았던 두 번째 환자는 어린아이였다. 뇌종양, 뇌출혈 환자들만 잔뜩 모인 이 병동에서 그 아이를 처음 봤을 때를 기억한다.

"아빠, 여기 티비가 있어요."

손에 타요 장난감을 들고 있던 그 아이는, 이곳 의사들이 수술을 만 번도 넘게 해냈다는 자랑이 끝없이 반복되는 모니터를 바라보며 말했다. 그때만 해도 나는 어린 자식을 둔 환자가 부득이하게 병동까지 아이를 데려온 것이라 생각했다. 그런데 그날 오후, 그 아이는 환자복으로 갈아입고 다시 병동에 나타났다. 여전히 타요 장난감을 손에 들고 있었다. 그 타요 장난감은 이 병원 지하 1층 편의점에서 판매하는 세 종류의 장난감 중 하나였다. 크지 않은 이 곳 편의점에는 다른 편의점에서는 팔지 않는 물품들이 몇 가지 있다. 예를 들면 병원용 슬리퍼, 빨대가 달린 조악한 물병, 성인용 기저귀 같은 것들이다. 세 종류의 장난감 역시 이곳에 특화된 상품들이다. 처음에는 동네 병원에서, 조금 더 큰 병원을 거쳐, 마침내 이곳에 오게 된 아이들이, 두려운 주삿바늘을 어렵게 꼽고 눈물 젖은 속눈썹으로 한두 개의 장난감을 꼭 끌어안아 가져가기 위한 것이었다. 나는 그 아이가 든 장난감이 그중에서도 좋은 것은 아니라 안타까웠다.

그날 밤 병실에서는 아이의 울음소리가 끝없이 이어졌다.

아픈 아이는 크게 울지 않았다. 다만

"무서워요, 무서워요, 너무 무서워요."

라고 조용히, 그러나 끝없이 말했다. 그 아이는 세 개째의 주삿바늘을 발 등위에 꽂으며, 그저 무섭다고만 말했다. 아이의 팔과 다리에 주사를 놓는 일은 얼마나 어려운지, 종종 채혈실에서 마주하는 아이들을 마주하며 잘 알고 있었다. 주사를 놓는 실랑이는 1시간은 지나서야 잠잠해졌다.

그 아이는 며칠이 지나 새벽의 MRI실 앞에서 다시 만났다. 새벽의 MRI실은 다음날 수술을 기다리는 환자를 위한 곳이었다. 새벽 2시, 아버지의 다음 날 수술을 위해 방문한 곳에 그 아이도 기다리고 있었다. 그 아이도 내일 수술장에 들어가게 되는 것이다. 어른에게 MRI는 그저 사진을 찍는 것과 다르지 않지만, 아이에게는 다르다. 알지 못하는 공포인 것이다. 엄마 손도 없이 새하얀 통속으로 빨려 들어가면 무슨 일이 일어날지 아이는 모르는 것이다. 이미 수많은 주삿바늘에 질린 아이는 저 하얀 통속에 절대로, 혼자서 들어가고 싶지 않은 것이다. 아이는 아빠 품에 매미처럼 안겨 계속해서 순서를 뒤로 미루고 있었다. 잠이 오는 약을 먹었지만 아직도 잠들지 않는 아이를 안고 보호자는 다시 한 차례 순서를 미뤘다. 미뤄진 순서에 아버지가 먼저 들어갔다. 순서를 미룬 그 아이는 그렇게 버티다 결국 잠이 들고, MRI를 찍고, 다음날 수술장으로 갔을 것이다. 그리고는 어린 나이에 버거운 흉터를 남기게 되었을지, 아니었을지, 아니면 좀 더 가혹한 운명이 기다리고 있었을지는 알지 못한다.

그러나 그 누구보다 기억나는 환자는 아버지였다. 아버지는 명랑했다. 아버지는 상황에 대한 인지가 아주 없지는 않았지만, 그렇다고 제대로 무언가를 인지하지는 못했다. 나는 아버지에게 그저 '검사'를 하러 왔다고 말했다. 그리고 그것은 사실이었다. 의사는 검사 외에는 할 수 있는 것이 없다고 했다. 아버지가 명랑했기에 마음이 아팠다. 아버지는 며칠 우리 집에 있다 왔기 때문에 기분이 더 좋았다. 검사를 마치면 다시 우리 집으로 돌아갈 거라는 말도 아버지를 즐겁게 했다.

수술 전날 밤이 되자 분위기는 조금 다르게 흘러갔다. 아버지의 머리를 솜씨 없는 당직의가 밀고 몇 가지 동의서에 서명을 했다. 서명하는 내용은 하나같이 무거웠다. 개두술이 포함된 조직검사 이후에는 다시는 눈을 뜰 수 없을 수도 있습니다. 아니면 치명적이고 영구적인 장애, 또는 죽음이 있을 수 있습니다. 비슷한 질문들이 수없이 반복되고, 그 모든 문장을 의사가 하나하나 읽을 때마다 내가 "아버지, 네. 하시면 돼요."라고 말하고, 그럼 아버지는 "네." 라고 대답했다. 밤이 깊어서야 동의는 끝났고 밤은 무거웠다.

수술 시간은 바로 전날에도 정해지지 않았다. 다만 늦은 밤 다음날 수술 여부가 확정되었고, 자정부터 기약 없는 금식이 시작되었다. 수술이 있다는 것은 알고 있었다. 그러나 동의문의 어려운 문장들은 새삼스레 이 밤을 아쉽게 했다. 지금 이 짧은 순간이 아버지와 무언가를 함께 먹을 수 있는 마지막 시간일 수도 있었다. 밤이 아쉬운 나는 병원을 달려 먹을 것을 찾아다녔다. 밤 11시 30분에 겨우 찾은 것은 편의점에서 팔다 남은 식은 군고구마였다. 2,500원을 주고 사온

식은 군고구마를 멋쩍게 내밀며 "이것밖에는 없네요."라고 말했다. 모두가 잠든 6인실에서 아버지와 나는 가냘픈 침상 등 아래에서 식은 군고구마를 조용히 먹었다. 늘 그렇듯이 별다른 말은 하지 않았다. 아버지는 한결 차분해진 목소리로 고구마가 달다고 했다.

인생에서 중요한 어떤 순간들은 병원에서 지나간다. 태어나는 것도, 아픈 것도, 죽는 것도, 병원에서 일어난다. 기억에 남은 환자들 모두 그들의 인생에서 더없이 중요했을 순간을 외롭게 지나갔다. 병원에서 일어나는 인생의 순간들은 모두가 가냘프고 외로워서 조금씩 가엽다. 많은 사람들은 아마도 모를 것이다. 모두가 인생의 중요한 순간들을 병원에서 외롭고 가냘프게 보낼 것이라는 것을. 새벽의 MRI실 앞에서, 6인실의 침상에서, 금식을 앞둔 자정 무렵의 침상 등 아래에서. 이곳에서 매일 같이 반복되는 일이지만, 한 명 한 명에게는 쉽게 잠이 오지 않는 순간들을 병원에서 보낼 것이다.

다음날 수술은 저녁 8시가 돼서야 시작됐다. 수술을 하는 곳은 '수술부'라는 정식 명칭이 있었지만 아무도 그곳을 '수술부'라는 이름으로 부르지 않았다. 모두 그곳을 '수술장'이라고 불렀다. 그 표현은 어쩐지 넓은 공간에 잠든 수많은 환자의 침상과 바닥 위로 핏물이 그득하게 고여 있는 이미지를 연상하게 했다. 그 상상은 다소 과장이겠지만 어느 정도 일치하는 것들이 있었다. 수술장 앞의 공간은 수많은 침대들도 가득 차 있었다. 넓은 대기 공간에 차곡차곡 '테트리스 된' 침상 위에는 한 명 한 명의 환자가 누워있었다. 환자들은 1차 대기 장소로, 2차 대기 장소로, 이송팀의 이송을 받으며 최종적으로 수술장으로 빨려 들어가고 그렇게 빈자리가 나면 이송팀들은 효율적으로 다시 환자를 정렬했다. 그렇게 아버지도, 내 손이 아닌 이송팀의 무전을 받으며 수술장으로 들어갔다. 아버지는 3시간이 지나 머리에 길게 호치키스 심을 박고 나왔으며, 집으로 돌아간 뒤에 조직검사 결과를 받았다. 교모세포종이었다.

4부

괴리

"나는 아버지가 죽는 1년을 업고 저어갈 용기가 없었다. 나는 아버지의 행성을 그리워했으나 먼 행성에서 살기를 희망했다. 회사와 병원과, 일상과 죽음과, 행성과 행성 사이로 표류했다."

1

먹고 싶다는 것은
슬픈 일이다

아버지가 집에 있는 시간은 길지 않았다. 나는 회사로 돌아가야 했고, 아버지는 누나와 함께 요양병원에 들어갔다. 아버지가 집을 떠나는 날은 조금 어수선했다. 그저 병원 방문을 위한 행정적인 절차였던 PCR 검사에서 코로나 양성이 나왔다. 격리를 위해 예정보다 빠르게 아버지는 집을 떠났다. 떠나기 전에 아버지는 무언가를 달라고 한참을 말했다. 아버지의 언어가 무엇을 찾는지 알아내는 데 오래 걸렸다. 찾는 건 지갑이었다. 집을 떠나기 위해 꺼내어 놓은 아버지의 낡은 지갑이 눈에 걸렸던 것이다. 오래 쓰던 지갑을 손에 넣은 아버지는 지갑을 열어 돈을 찾았다. 돈을 찾아 나에게 지폐 한 장이라도 전해주려고 했다. 아무것도 남아있지 않은 빈 지갑을 보자 그간 볼 수 없었던 낙담한 눈빛을 했다. 늦은 새벽 두 번이고 세 번이고 아버지의 소변이 흥건한 옷과 이불을 가는 때에도 미안한 기색 한번 없었던 아버지는, 그렇게 나의 수고를 치하하고 이별을 다소 아쉬워했다. 그밖에는 아무 말도 하지 않았다. 한 번 뒤돌아보지 않고 누나와 함께 택시를 탔다. 나는 아버지가 타고 떠나는 택시를 오랫동안 지켜보았다. 아버지가 선고받고 난 이후의 모든 것들은 다 마지막이었다. 택시를 타고 간 아버지는 다시는 똑같이 우리 집에 오지 못할 것이다.

아버지가 집을 떠나고 나는 마라탕을 먹었다. 마라탕이 먹고 싶었다. 간병을 하는 동안은 아버지가 좋아할 만한 음식들을 찾아다녔다. 편하게 내가 먹고 싶은 음식을 찾진 못했다. 더구나 식사 한 번에 숟가락을 세네 번은 떨어뜨리는 아버지에게 매 숟갈 적당한 반찬을 골라 올리려면 나의 식사는 그저 입에 삼킬 무언가를 넘기는 것으로 만족해야 했다. 아버지와 함께하는 시간은 많이 남지 않았으나, 그것이 식사의 만족감을 높여주진 않았다. 그러나 아버지를 보내고 먹는 마라탕은 맛이 있었다. 맛이 있다는 것은 슬픈 일이다. 나의 슬픔이 미각의 감각을 바꾸지는 못하는 것이다. 그러니 아버지와 함께 할 수 있는 많지 않은 식사보다 혼자 편히 마라탕을 더 먹고 싶은 것이다. 슬프지만 맛이 있는 것. 마라탕을 먹고 싶고, 아이와 더 좋은 곳에 가고 싶고, 회사에 가서 돈을 벌고 평판과 커리어를 유지하고 싶은 것이다. 다시는 올 수 없는 아버지가 택시를 타고 가는 모습을 지켜보는 것은 슬프지만, 붙잡지는 않았다. 오히려, 아버지를 보내고 나는 마라탕을 먹었다. 그리고 회사로 돌아왔다.

회사는 정돈되고 깨끗했다. 한참 코로나 때의 대림동의 시장 같았던 병원이 생각났다. 그에 비해서 회사는 지나치게 청결하고, 단정하고, 정리되었다. 자리를 비운 사이 탕비실에는 직원의 복지를 위한 몇 가지의 음료가 추가되었다. 더 효율적으로 업무에 몰입하기 위한 복지였다. 복지는 생명이 떠나는 곳이 아닌, 회사에 있었다. 아버지 곁을 단 10분도 떠날 수 없던 내가, 시원한 탄산음료 한 캔을 얼마나 먹고 싶어 했는지를 생각하며 음료수를 마셨다. 시원했다.

　한두 명이 나의 근황을 물었다. 그뿐이었다. 크게 궁금해하진 않았다. 사실 난, 복직해서 누가 그간의 일에 대해서 물으면 어떻게 해야 할까. 어떤 식으로 모든 상황을 설명해야 할까. 고민하기도 했다. 그것은 단지 내 자의식의 과잉이었다. 점심 식사 이후의 티타임은 조직개편과 누가 조직을 어떻게 맡을지에 대한 이야기, 그리고 연애 서바이벌에 대한 이야기로 채워졌다. 나는 간병인들의 소란과 병실의 기묘함 대신 이런 이야기를 듣고 싶었다. 병원비 대신 성과급에 대한 이야기를 듣고 싶었다. 나는 그 흐름을 놓치지 않고 다음부터 이야기에 소외되지 않도록 촉을 활짝 펼쳤다. 내가 정말로 살고 있는 세계에 대한 이야기는 마음속에 묻어두고, 아직은 내가 다 따라가지 못하는, 빠르게 흘러가는 이야기들을 귀담아들었다. 회사에 돌아왔다.

2

85년생
한여름

촉을 활짝 펼친다. 초등학생이던 나는 쉬는 시간에 만화영화에 대한 이야기가 있으면 조용히 숨죽이고 촉을 펼쳤다. 뚤기 뗑이 호치 새초미가 나온다는 그 만화에서는 결정적인 순간에 무지개가 펼쳐지고 알바트로스가 나타난다고 했다. 새로 방영하는 어떤 만화는 재미가 없고, 다른 어떤 만화에서는 주인공의 무기가 요요라고 했다. 나는 최대한 들리는 말들을 주워 모아 이야기에 끼고 싶었다. 아니, 끼는 것까지는 아니더라도 혹시나 그런 얘기가 나올 때 모르는 티를 내지 않고 자연스럽게 아는 척을 하려고 했다. 집에서는 티비를 볼 수 없다고, 너네들이 하는 얘기는 하나도 모른다고 말하고 싶진 않았다. 그런 노력은 가까스로 효과를 내는 듯하다가는 이내 곧 한계를 드러냈다. 이야기에는 끼지 못했다. 나는 집 마당에 혼자 앉아 하늘에 무지개가 나타나고 알바트로스가 날아오르는 모습은 어떤 것일지 상상했다.

반 아이들의 이야기 주제는 곧 H.O.T가 되고, 컴퓨터 게임이 되고, 16화음 핸드폰이 되었다. 만화영화에서 효과가 없었던 노력은 성과가 있기도 하고 없기도 했다. 사촌 형들로부터 물려받은 8비트, 16비트 컴퓨터 책들은 효과가 없었다. 그 컴퓨터들은 친구들이 쓰는 컴퓨터와 완전히 다른 것이었다. 대신 길에서 주운 최신의 게임잡지는 꽤 효과가 있었다. 훨씬 재미도 있었다. 점점 더 익숙하게 나는 내가 가보지 못한 것, 해보지 못한 것을 아는 척할 수 있게 되었다. 도서관에서 빌린 책으로 영화에 대한 지식을 쌓고, 멜로디언으로 피아노를 연습하고, 해외여행 책의 기차표 등급을 외우며, 가난의 흔적을 보이지 않게 가리는 것을 점점 더 수월하게 해냈다.

감추기 어려운 것들도 있었다. 첫 번째 도전은 도시락이었다. 할머니가 싸준 단무지 단 한 개가 가운데 들어간 김밥은 월요일도 화요일도 수요일도 목요일도 바뀌지 않는 메뉴였다. 햄과 계란지단은커녕 시금치 하나도 들어가지 않고 오직 밥과 김, 단무지로만 이루어진 순수한 김밥은 곧 나를 대표하는 것이 되었다. 나는 아예 도시락을 먹지 않는 것을 선택했다. 점심시간이 되면 도시락을 꺼내는 대신 운동장으로 나갔다. 열 살이 되지 않은 어린 나는, 배가 고프지 않고 더 빨리 더 많이 놀고 싶다고 말했다. 누구도 물어보지 않았지만 그렇게 말했다. 남은 도시락은 집에 들어가기 전에 대문 앞 골목에서 먹었다. 할아버지나 할머니가 볼까 봐 급히 먹었다.

급식이 시작되고, 더는 골목에서 도시락을 먹지 않아도 되었다. 두 번째 도전은 옷이었다. 여름이면 나는 농구공이 세 개 그려진 줄무늬 티셔츠를 입었다. 아버지가 옷 공장 하는 친구한테 아주 싸게 샀다고 자랑하는 그 티셔츠는 한 벌 가격으로 세 벌을 살 수 있었다고 한다. 나는 그 티셔츠를 여름 내내 번갈아 입었다. 내가 옷을 안 갈아입는다는 소문이 어떻게 내 귀에 들어왔는지는 기억나지 않는다. 다만 그것을 반박할 수 있다고 생각했다. 친구들에게 같은 옷이 세 벌 있다고 말했고, 친구들은 거짓말이라고 말했다. 방법은 내가 입고 있는 한 벌과 똑같은 두 벌을 할머니 몰래 가방 속에 넣어가는 것이었다. 그리고 그렇게 가져간 옷을 가방 속에서 꺼내었을 때, 나는 무엇인가 잘못된 것을 알았다. 그전까지 한 번도 경험해 본 적 없는 주목과 웃음 속에 같은 옷이 세 벌이라는 사실은 중요하지 않다는 것을 알았다. 다른 친구들은 굳이 그런 것을 증명하지 않아도 좋았다. 세상과 분별을 잘 몰랐던 나는 그제야 비로소 반 아이들과 같은 아이가 되는 것을 희망하지 않았다. 다소의 친절 속에 섞인 동정과 노골적인 모멸들을 온전히 나의 것으로 알고, 피하지 않으며 사는 법을 열 살이 되어서야 늦게 배웠다.

그 후로 내 별명은 항상 옷이었다. 체육복, 청바지. 옷에 대한 별명은 교복을 입고 나서야 멈췄다. 그렇지만 가난은 쉽게 가려지지 않았다. 가난은 구석지고 굴곡진 곳이면 어디나 먼지처럼 쌓였다. 그것이 어디에나 있기에 숨기기가 어렵다. 어쩌다 한 곳에 먼지가 묻으면 털어내면 그만이다. 하지만 장롱

뒤 어느 구석에서 겨우 꺼낸 인형이라면 툭툭 털어 겨우 보이는 곳의 먼지는 치웠다 하더라도 구석구석의 먼지들을 다 털어내긴 어렵다. 한 구석, 한 구석은 그렇게 대단하진 않다. 그런 구석은 이를테면 양말이다. 급식을 먹고 교복을 입는 나는 항상 뚫려있는 양말의 구멍이 보이지 않도록 최대한 구멍이 있는 곳을 발가락 사이로 넣어 숨기려고 했다. 가난한 아이의 슬픈 점은 그렇게 하면 자신의 가난이 조금은 숨겨지고, 그래서 다른 반 아이들처럼 보일 수 있다고 생각한다는 점이다. 매일매일 구멍 뚫린 양말을 신는 가난이, 엄지 발가락과 검지 발가락 사이에 양말을 밀어 넣는 것으로 가려질 것이라고 생각한다는 점이다. 지금 생각해 보면 양말 트럭에서 1,000원에 세 개씩 파는 양말을 하나 사는 것쯤은 못 할 것이 아니었다. 그렇지만 어린 나는 어디서 양말을 사야 하는 줄 몰랐다. 용기를 내어 들어간 아파트 상가의 속옷 가게에서 양말의 가격을 물어보았을 때, 박스에 포장되어 있는 양말이 한 켤레에 3,000원이라는 말을 듣고 놀랐다. ‘사람들은 이렇게 비싼 걸 매일매일 새롭게 잘도 신고 다니는구나.’라고 생각했다. 누구도 나에게 양말트럭에서 1,000원에 세 켤레짜리 양말을 살 수 있다고 알려주는 사람이 없었다. 구석구석의 먼지를 털어내는 법을 알려주는 사람이 없었다.

이윽고 나는 성인이 되었다. 친구들의 관심사는 스타벅스가 되고, 아웃백이 되었으며, 해외 배낭여행이 되었다. 스타벅스도 가보았고, 아웃백도 가보았고 해외 배낭여행은 가보지 못했다. 훈련은 효과가 있었다. 이제는 좀처럼 가난을 눈에 보이지 않게 했다. 스무 살의 가난은 쉽지 않지만 스타벅스도 갈 수 있고, 아웃백도 갈 수 있다. 가난은 그 하나하나를 못 하는 것에 있지 않다. 가난은 깊숙한 곳에 숨어있다. 이를테면 엠티에는 가기 어려운 것이다. 엠티 비용을 내지 못하기 때문이 아니다. 빈약한 살림살이로는 가방을 채우기가 어렵기 때문이다. 이제는 옷과 양말과 신발까지 그렇게 남들과 다르지 않게 보일 수 있었지만, 여행용 칫솔은 없었다. 집에는 온 가족이 다 같이 쓰는 수건이 다섯 개쯤 있었으며, 여행 가방 같은 것은 없었다. 어찌 보면 하나하나는 크지 않은 것들이지만, 그렇게 하나씩 채워보자면 빈 곳이 너무나 많다. 수건이 부족하고, 칫솔이 부족하고, 속옷이 부족하고,

140

이불이 하나밖에 없고, 소파가 없고, 커튼이 없고, 손잡이가
제대로 있는 냄비가 없고, 그런 것들이다. 컴퓨터도 있고, 핸
드폰도 있지만, 집에는 드라이기가 없다.

　가난한 스무 살은 드라이기와 냄비를 사는 대신에 옷을 산
다. 보이기 때문이다. 보이지 않는 집의 방충망은 고치지 않
는다. 보이지 않기도 하지만 구멍이 너무 많기도 하다. 하나,
둘, 몇 개 나 있는 구멍을 메꿔보려 하다 보면 이내 지친다.
메꾸는 수고가 보여지지 않아서 그렇다. 구멍은 너무 많고,
수고는 결과가 없다. 대신에 생각한다. 언젠가, 제대로 열리
지 않는 이 창틀을 아예 바꿔버리겠다고, 언젠가는 아예 이
집에서 이사를 나가버릴 것이라고, 그렇게 생각하며 옷을 산
다. 내내 방충망은 고치지 않는 것이다. 평범한 80년대생은
그렇게 되기가 어려운 것이다.

3

행성
여행자

"저는 너무 어려운 일을 겪은 사람들을 안 좋아해요. 그런 사람들은 특유의 어두운 분위기가 있어서요."

회사의 누군가가 그렇게 말했다. 그는 좋은 사람이었다. 다만, 그는 바로 앞의 누군가가 그런 이야기에 티 나지 않게 놀랄 수 있다는 가능성을 몰랐다. 그의 얘기에 맞장구치며 나의 어려움이 아직 그에게 드러나지 않은 것에 대해 안도했다. 쉬는 시간 책상에 엎드려 반 아이들의 이야기에 귀 기울이던 아이는, 이제는 어디에서도 크게 자신의 다름을 쉽게 보여주지 않는 어른이 되었다.

자신의 다름을 숨기는 아이는 계속 새로운 곳으로 나아갔
다. 기껏해야 계란후라이가 있는 도시락을 먹고 싶었던 아이
는 어느덧 대학을 졸업하고 사회에 나갔다. 사회는 마치 행
성처럼 이루어졌다. 놀라운 일이다. 일정한 소득과 사회적
지위를 부여받는 사회에서는 비슷한 환경 속에서 자라고 비
슷한 환경에서 살고 있는 사람들이 모여 있었다. 그러나 사
람들은 행성에 살고 있으면서도 행성에 살고 있는 줄을 몰랐
다. 다른 행성의 사람들은 좀처럼 그 안에서 보이지 않기 때
문이다. 대학을 졸업하고 취업한 직장에서 만난 내 동기들은
24평보다 작은 4인 가정의 보금자리를 떠올릴 상상력이 부
족했다. 그들은 나무랄 데 없이 밝고, 회사의 다른 사람들과
비슷했다.

취업을 하고 종종 나는 대학교의 친구들을 만나 술을 마셨
다. 그곳에서 좋은 회사에 다닌다는 이유로 밥을 사고, 술을
샀다. 내가 밥을 사고, 술을 사는 친구들의 집은 넓고 좋았
다. 그렇게 술을 사고 들어오는 집의 방충망은 고치지 못했
다. 거실의 브라운관 티비도 여전했고, 집 안 구석구석 삭혀

가는 알 수 없는 단지들도 여전했다. 나는 돈을 벌어 방충망을 고치지 않고, 좋은 집에 사는 친구들의 술과 밥을 샀다.

나는 마치 행성 여행자 같았다. 다니는 회사도 졸업한 대학교도 내가 나고 자란 행성과는 달랐다. 나는 슬픔 속에서만 빛이 나는 행성에서 자랐다. 엄마가 없고 아빠가 없는 거친 소년들의 모임이 나와는 더 가까운 행성이었다. 그러나 나는 그곳에서 벗어나고자 했고, 다른 행성의 아이들을 부러워했다. 중력이 계속해서 나를 끌어당기더라도 거짓말을 추진력 삼아 끝없이 다른 행성의 아이인 척 날아올랐다. 그렇게 중력을 벗어나는 법을 배운 아이는 멈추지 않고 행성을 떠다녔다.

그리고 그 무엇보다, 나는 아버지의 행성으로부터 멀어지고 싶었다. 그 행성만큼 벗어나기를 원했던 곳이 없었다. 아버지와 다르기를 원해 마지않았다. 나는 죽는 아버지를 요양병원에 밀어 넣고 회사로 돌아왔다. 시원한 캔 음료가 가득 채워진 '라운지'로 가서 탄산수를 마시면 내 몸의 숨구멍이 활짝 열리는 것을 느꼈다. 죽음의 공기가 가득한 신경외과 병동이 아닌 이곳이, 내가 있어야 할 곳이라 느껴졌다.

그 시간 동안 아버지는 하루 종일 자신이 기억하지 못하는 사람과 얼마 안 남은 자신의 하루를 보낼 것이다. 아버지가 여전히 옆에 있는 간병인을 알아보지 못하고, 여기가 어디인지를 궁금해하며 하루를 보낼 것을 모르지 않았다. 회사에서 음료수를 마시는 나의 시간과 하루 종일 기억나지 않는 어제를 더듬어가며 나의 전화를 기다리는 아버지의 시간은 동시에 지나갔다. 그러나 모른 척했다. 여기에는 눈물겨운 간병의 이야기가 없다. 비겁하게도 나는 다른 사람들은 어떻게 간병을 하는지 살펴봤다. 뇌종양 카페의 눈물겨운 간병 일기를 보면서 이보다는 좀 더 보편적인 간병이 따로 있을 거라고 생각했다. 핸드폰 문자의 부고를 뒤져가며, 그들과 즐겁게 이야기를 나눈 시간들을 최근순으로 정렬했다. 회사의 나를 어떻게든 합리화하려고 했다.

그리하여 나는 대략적인 결론을 내렸다. 요즘의 행성에서 죽음은 고독한 것이다. 나뿐만이 아니다. 아버지뿐만이 아니다. 수많은 유복한 자녀를 둔 아버지와 어머니들이 햇빛 하나 들지 않는 커튼 뒤에서 한 시간 한 시간이 더디게 흐르는 매일을 보내는 것이다. 회사에서 나는 늘 죽는 아버지를 생각했고, 병원에서는 회사를 생각했다. 어느 곳도 편하지 않았다. 팀원들의 고민 상담을 하고 내년도의 사업계획을 말하다가도 갑자기 무대의 조명이 바뀌고 어두운 음악이 깔리고, 죽는 아버지에게, 이제는 더는 아무것도 없는 아버지에게 무엇이든 즐거운 이야기를 해보려고 노력했다. 그러다가 조명은 곧 바뀌고, 음악도 바뀌고, 시놉시스도 바뀌어서 새로운 관객들 앞에서 새로운 역할을 연기했다. 그러다 보면 나 역시 커튼 뒤에서 간병인들과 고독한 죽음을 맞이할 텐데 어째서 이런 여행을 계속하고 있는 것인지 알 수 없어질 때가 있었다.

혼란스러웠다. 어린 내가, 엄마가 없으면 잠들지 못한다고 믿었던 내가, 혼자서도 잘 수 있게 크는 데에는 많은 시간이 필요했다. 아버지는 나와 누나를 업고 무거운 시간을 혼자의 힘으로 저어갔다. 그렇게 이 근처에 겨우 나와 누나를 내려놓았다. 나와 누나를 내려놓는 데에는 10년도 넘는 시간이 걸렸지만 아버지가 죽는 데에는 겨우 1년이 필요했다. 나는 아버지가 죽는 1년을 업고 저어갈 용기가 없었다. 그러면 마치 애써 떠나온 나의 먼 행성으로 되돌아가는 것 같았다. 나는 아버지의 행성을 그리워했으나 먼 행성에서 살기를 희망했다. 회사와 병원과, 일상과 죽음과, 행성과 행성 사이로 표류했다. 수많은 별들이 나의 행성이지만, 그 어느 곳도 나의 고향은 아니었다. 나 역시 아버지같이 죽을 것이다. 그렇지만 습관적으로 나는 여행을 멈추지 않았다. 나는 계속해서 멀어지고 있었다. 내리려고 했는데, 언제쯤엔가는 내리려고 했는데, 계속 달리고 있었다.

4

그만하자는
말

병원에서 전화가 왔다. 갑자기 아버지가 간병인을 마귀라 하며 난동을 부린다는 전화였다. 회의 중이던 나는 다급히 병원으로 달렸다. 병원에 도착해서 코로나 자가 키트를 하고 간호사실로 가니 전화를 한 간호사가 이제는 조금 나아졌다고 하며 나를 병실로 안내했다. 병실에 도착하자 아버지는 나를 보고 환히 웃었다.

"아니, 너가 여긴 어쩐 일이냐."

그 웃음은 한군데 그늘진 곳이 없었다. 내 딸이 웃는 것과 같이 환했다. 그렇게 아버지는 나를 반가워했다.

그날은 아버지의 섬망이 다시 올까 병원에 머물렀다. 아버지에게는 간다고 하고 병실 밖에서 노트북을 켜고 마무리하지 못한 보고서를 작성했다. 2023년의 현황을 정리하는 보고서는 오늘이 아니더라도 할 수 있겠으나, 이 일을 마무리하면 새로운 일이 있을 것이다. 내일 회사에 가면 갑자기 회의실에서 나간 나를 궁금해할 수도, 아닐 수도 있다. 어쩌면 나 하나쯤 회의에서 빠진 것은 아무도 기억하지 못할지도 모른다.

나를 대신해 휴직을 한 누나는 슬퍼했다. 회사에서 누나의 자리가 조금씩 좁아지는 것이다. 회사는 산 사람들의 공간이기 때문에 죽는 이들의 사정은 멀다. 산 사람들의 사정도 쉽지는 않다. 누나도 곧 복직을 했다. 남은 시간을 아버지는 혼자 병원에 오래 있었다.

아버지는 꾸준히 병원에 갔다. 신경외과에서는 한 달에 한 번씩 외래를 잡았다. 두 달에 한 번은 MRI를 찍었다. 신경과에서는 두 달에 한 번씩 외래를 잡았다. 내분비내과에서는 세 달에 한 번씩 외래를 잡았다. 이런 외래를 합치면 2주에 한 번은 누나나 내가 휴가를 내고 병원을 다녀야 했다. 이른 새벽 아버지의 요양병원으로 출발해서 아버지의 병원에 도착하면 동이 튼다. 다시 아버지를 모시고 대학병원으로 가면 겨우 오후 2시나 3시쯤 결과가 나올 수 있게 채혈을 할 수 있었다. 그러면 긴 기다림이 시작된다. 채혈실의 결과가 나오면 그제야 외래 진료의 순서가 뜨고, 좀처럼 줄지 않는 순서를 기다려 짧은 진료를 볼 수 있었다. 그리고 다시 병원으로 돌아오면 하루가 지났다.

종종 아버지는 섬망이나 운동 저하로 응급실에 갔다. 응급실에 가면 하루를 기다려 진찰을 받고 입원을 배정받았다. 입원을 배정받으면 누나와 나는 엑셀로 일정을 맞추어가며 병원에서의 생활을 나누었다. 그간에 아이를 돌보는 일들은 아내에게 던져졌다. 회사의 일들은 조금씩 내 손에서 멀어졌다. 무엇보다 휴가가 부족했다.

휴가가 점점 더 모자라질 때, 나는 아버지께 좀 더 모질어졌다. 응급실에 가야 하지 않냐는 연락에, 응급실에 가서 무엇하냐고, 어차피 하루 종일 복도에 몰아넣고 CT나 찍고 진료를 보면 다시 병원으로 내치지 않겠냐고 모질었다. "왜 그 병원은 직접 아버지를 돌볼 수 없냐.", "왜 뭐만 하면 환자를 다른 병원으로 내보내냐.", "큰 병원에서 관심이나 있을 것 같냐." 여러 말을 던졌다. 이유는 많았다. 내 휴가가 아깝다고, 내 주말이 아깝다고, 시원한 라운지에서 음료수 하나를 먹는 시간 대신 병실 복도에서 밤을 지새우고 싶지 않다고 말하지는 않았다.

그런 나를 아버지는 반가워했다. 아버지 뒤에서 내가 어떻게 말하는지 모르고 반가워했다. 아니면 아버지는 이미 알고 있었을 수도 있었다. 겉으로는 착한 척하는 아들이 실제로는 어떻게 생각하고 있는지를. 다만 인지가 떨어진 아버지의 생각이 밖으로 나가지는 않기에 나는 누나에게 말했다. 이런 치료는 의미가 없다고. 이건 아버지를 위한 치료가 아니라고.

그것은 낫기 위한 치료가 아니었다. 아버지를 낫게 하는 치료는 없었다. 그러나 그것은 아버지가 죽음을 선고받은 이후로 줄곧 마찬가지였다. 다만 다르다면 이제는 아버지가 더는 말도 하지 못하고 식사도 하지 못한다는 것이었다. 나는 식사도 하지 못하고 말도 하지 못하는 아버지의 삶을 평가절하했다.

아버지를 모시고 진료실에 들어가 담당 교수에게 말을 꺼낼 때에는 조금은 어려운 느낌이 있었다. 막상 말을 꺼내려니 곁에 있는 아버지가 신경 쓰였다. 말도 거의 못 하고 식사도 할 수 없지만, 살아있는 아버지는 여전히 비스듬히 휠체어에 앉아 있었다. 그렇지만 말했다. 이 치료는 더는 할 필요가 있는 치료가 아니지 않냐고. 의사는 그래도 조금은 더 해보자고 했고, 오히려 아버지의 상태는 아직 가장 나쁜 상황은 아니라고 말했다. 나는 더 말하지 않고 나왔다. 나는 아무 일도 없는 것처럼 아버지를 대했지만 말하지 못하는 아버지의 눈동자가 조금은 놀라고, 조금은 또렷한 모습으로 변한 것을 알았다. 나는 살아있는 삶 앞에서 죽음을 받아들이는 것이 얼마나 어려운 것인지, 그리고 그때는 한없이 길게만 느껴졌던 힘든 시간이 얼마나 짧게 남았는지를 몰랐다.

내 말과 교수의 말을 아버지가 함께 들었다. 나는 아버지의 인지가 충분히 떨어져 그 이야기를 기억하지 못하길 바랐다. 살아있는 아버지 앞에서 치료를 그만하자는 말을 한 것을 기억하지 못하기 바랐다. 그런 나를 아버지는 환히 웃으며 맞아주었다.

아버지는 늘 멀어지는 아들을 기꺼워했다. 아버지의 세상과 다른 곳으로 멀어지는 아들을 조금은 아쉬워하다 항상 보냈다. 나는 자랑스럽게 아버지와 멀어지는 길을 떠났다. 아버지와 다르다는 것이 자랑스러웠다. 대기업에 취직을 하고 미국으로 출장을 가고 30평대의 아파트에 살고 그 안에 미끄럼틀이며 트램펄린 같은 것들을 들여 딸을 키우는 내가 아버지와 달리 훌륭하다고 생각했다. 나와는 다른 아버지의 삶을 평가절하했다. 그런 아들을 아버지는 기꺼워했다. 조금만 아쉬워했다. 환히 웃으며 맞아주었다.

5부

이해

"말로 하지 않아도 설명하지 않아도 그 존재로서 내 삶의 진실을 말하는 사람은 도대체 아빠였다는 것을 나는 늦게 알았다. 형편없는 아버지의 삶이야말로, 나의 삶이었다."

1

계절의
기록

아버지는 교모세포종이었다. 이름이 길고 난해한 희소병이 아닌 이상, 통상적으로 알려진 병중에 가장 높은 5년 내 사망률을 가진, 달리 치료하는 대상이 되지 못하는 병이다. 병원도 나도 누나도 이것을 치료해 볼 엄두를 내지 못하였다. 아버지는 어떻게 생각했는지는 모른다. 아버지 머릿속에 자라는 종양은 1년 내에 아버지의 많은 것을 잠식해 더는 생각도 의식도 없게 만들 것이다.

조직검사를 마치고 우리 집에 있는 동안 방사선 치료를 했고, 이어서 항암치료를 했다. 항암은 매일 정해진 시간에 정해진 복용 방법으로 약을 먹으면 되었다. 다행히 그 기간 동안 아버지는 극심한 고통을 표현한 적이 없었다. 방사선과 항암 치료는 눈에 띄게 빠르게 떨어졌던 아버지의 인지와 운동을 느리게 회복시켰다. 아버지는 다시 부축 없이 걸을 수 있게 되었다. 다만, 오른쪽 다리를 좀 절고, 걸을 때마다 오른쪽으로 기울었다.

아버지가 우리 집을 떠나고 누나는 아버지에 맞는 병원을 찾아다녔다. 아버지에게 맞는 병원을 찾는 것은 어려웠다. 병원은 너무 외진 곳에 있어서 적막하거나, 너무 도심 속에 있어서 답답했으며, 적당한 곳에서는 맞는 병실이 없었다. 암 요양병원을 소개해 주는 앱도 찾아보았다. 그곳은 월에 1,000만 원까지 비용이 드는 최고급 암요양병원을 소개해 주었다. 돈을 떠나서 암 요양병원에서는 아버지처럼 정말로 중증인 환자는 원하지 않았다. 그곳에 정말 '환자'가 있으면 분위기가 나빠진다는 것이다. 그곳은 아직 상대적으로 건강하며, 재력이 있고, 인지가 충분한 환자들이 '암'이라는 나름대로는 흔한 질병을 맞이해 머무는 곳이었다. 반대의 경우는 6인실의 병상에 간병인 한 둘이 붙어진 정형화된 병실들뿐이었다. 짧지만 길었던 6인실의 생활은 아버지를 그곳으로 다시 보내기 어렵게 했다. 어째서 1인실, 2인실의 병실을 가진 요양병원은 이토록 적은지 알 수 없었다.

그렇게 한겨울에 아버지의 병원을 찾아 헤맸다. 두 군데의 요양병원을 지나 요양병원으로는 세 번째, 전체의 투병으로 보자면 일곱 번째 병원으로 경기도 광주의 병원에 입원했다. 그곳은 도심처럼 시끄럽지도 않았고, 산속의 요양병원처럼 적막한 죽음의 공기에 쌓여 있지도 않았다. 재활을 전문으로 하는 내부의 학교시설은 병원에 적당한 활기를 넣어주었고, 2층의 적당히 낡은 벽돌 건물은 살던 집을 떠올리게 했다. 아버지의 병실은 겨울에도 볕이 잘 들었다. 창으로 햇살이 뿜어져 들어왔고, 그동안의 어떤 병원보다 쉽게 창밖을 볼 수 있었다. 겨우 머물만한 병원을 찾게 되었을 때, 지친 누나는 집으로 돌아갔고 아버지는 간병인과 함께 있게 되었다.

그곳에서 아버지는 봄을 맞이했고, 여름을 지나, 단풍이 들고, 단풍이 떨어지는 시간을 보냈다. 아버지와는 매주 병실에서, 또는 병원 밖 정원에서, 짧은 면회 시간을 보냈다.

그곳의 봄은 벚꽃이 아름다웠다. 우리는 꽃놀이를 하듯 쏟아지는 벚꽃을 맞으며 산책했다. 아이는 병원에 갈 때마다 노랑, 초록, 보라, 빨강으로 칠해진 바닥의 가이드라인을 따라 뛰어다니는 것을 좋아했다. 뛰는 손녀를 보며 아버지는 활짝 웃었다. 아버지는 빵이나 과일 같은 간식부터 김밥이나 닭강정 같은 식사까지 가져가는 음식이면 다 잘 먹었다. 주말이면 이번 아버지 면회에는 어떤 음식이 새롭고 반가울지 고민했다. 설렁탕을 한번 사 가볼까. 만두를 맛있게 먹지 않을까 생각하며 손에 새로운 먹을 것을 들고 아버지를 찾았다. 누구보다 어린 딸이 잰걸음으로 할아버지 방을 먼저 찾았다.

여름은 해가 길었다. 금요일마다 회사를 일찍 마치고 아버지를 찾아갔다. 최대한 빠르게 나가 해가 지기 전에 도착하는 것이 목표였다. 아무리 일찍 나가도 막히는 도로에 나는 항상 겨우 해가 막 지기 전에나 도착했다. 그렇게 도착하면, 서둘러 아버지를 부축해 병원 앞 정원으로 나갔다. 그곳의 벤치에 앉으면 아버지와 해가 지는 것을 바라볼 수 있었다. 아버지와 함께 해가 지는 것을 바라볼 때면, 아버지는 말을 하지 않았다. 아버지와는 말을 하지 않고 해가 점점 작게 잘려 나가 사라지는 것을 바라보는 것이 좋았다. 여름이 지나면 아무리 일찍 출발해도 해가 지는 것을 보기 어려울 것이었다. 여름이 지나면 해가 지는 것은 영영 함께 보기 어려울 것이었다.

가을에는 뒤뜰 산책로에 가을꽃들이 여럿 피었다. 나는 산책로에 핀 가을꽃들을 아버지에게 보여주고 싶었다. 이제는 아버지를 부축해 나오지 않고 휠체어를 끌어야 했다. 가을의 아버지는 휠체어에 탄 채로 졸았다. 이제는 휠체어에 앉아서도 자꾸만 한쪽으로 쏠리는 아버지에게 "이 꽃이 무엇이지요?", "날씨가 선선해졌네요." 같은 말들을 건넸다. 그러나 아버지의 시야에는 그것이 좀처럼 들어오지 않았다. 그러다 아버지가 완전히 잠이 들면 산책을 멈추고 병실로 돌아왔다.

이른 겨울, 흩날리며 내리는 첫눈을 아버지는 병실 창가에서 보았다. 아버지가 첫눈을 보는 것을 직접 보진 못했다. 단지 간병인이 보내준 사진으로만 봤다. 아직 날이 추워지기도 전에 날리는 첫 눈발을 나는 회사에서 보았다. 회사 몇몇 사람들이 눈발이 내리는 창밖을 보며 첫눈이라고 말했고 나는 문자로 첫눈을 바라보는 아버지의 사진을 받았다. 문득, 아버지가 광주의 병원에 들어간 계절이 겨울이었다는 것이 생각났다.

그리고 날이 제법 더 쌀쌀해질 즈음 나는 아버지가 없는 병원에 갔다. 이제는 다시 어디로 가져갈 일이 없는 짐들을 챙기러 갔다. 여러 병원을 지나며 모인 물건들이 많았다. 빨대가 꽂인 항상 물이 새던 물병이며, 손톱깎이 같은 것들을 챙겼다. 봄에 꽃잎을 눈발처럼 날렸던 벚나무들은 어느새 잎이 다 떨어지고 없었다. 아버지가 처음 병원에 올 때처럼 앙상한 가지만 남아있었다. 문득 아버지를 차에 태우고 이곳에 처음 왔을 때가 생각났다. 그리고 이어서 봄날의 벚꽃 속에 환하게 웃던 아버지와 해가 지는 것을 바라보던 벤치를 생각했다. 계절이 모두 지나갔다.

2

밥을 먹는
기록

아버지는 조금씩 깎이고 무너질 것이다. 그렇게 된다는 것을 알고 있지만, 정말로 그렇게 되는 것은 다른 일이다. 남은 생의 1년은 짧지만, 사실 1년은 짧지 않은 시간이다. 나와 누나는 한 달이 멀다 하고 새로운 국면을 맞이해야 했다. 그때마다, 그 전의 상황들은 나쁘지 않았음을 뒤늦게 깨달았다.

시한부의 1년 동안 깎이는 과정은 다음과 같다. 며칠간, 또는 몇 주간, 이제는 안정되었다고 생각하는 단계가 지속된다. 그러다 문득 어떤 사건이 벌어진다. 그것은 갑자기 아버지가 인지를 잃고 섬망 속에 소동을 벌인다든지, 늦은 밤 화장실에 가다가 문득 다리가 마비되어 쓰러지는 일 같은 것들이다. 그러면 나와 누나는 뒤늦게 병원으로 찾아가 서로가 어떻게 휴가를 내고, 어떻게 병실을 지킬 것인지 계획을 짜고 번갈아 아버지를 간호한다. 며칠간 대학병원에서 스테로이드를 맞고 급한 부종이 가라앉으면 퇴원을 하고, 원래 있던 요양병원으로 돌아왔다. 그때마다 아버지는 전에 할 수 있는 것 중 하나씩을 잃어버렸다. 한번 잃어버린 것은 돌아오지 않았다. 처음에는 부축 없이 걷는 것을 잃었고, 시야를 조금 잃었고, 자리에서 버티고 앉는 것을 잃어버렸다. 그리고 어떤 국면에서는 음식을 삼키는 것을 잃어버렸다.

많은 이들은 음식을 삼키는 것에 연습이 필요했다는 것을 완전히 잊고 있을 것이다. 숟가락에 반도 안 되는 미음을 올려 그것을 삼키는 연습은 돌이 지나기 전에 마무리된다. 아버지는 태어나서 배우는 모든 것들을 반대로 잊어갔다. 그리고 잊어버리는 것이 무언가를 삼키는 것이 되었을 때, 아버지는 크게 깎이고 저물었다. 하루에 세 번 음식을 씹어 삼키는 것, 그것은 돌이 되기 전에 배워 삶이 끝날 때까지 하루도 빠지지 않고 반복된다. 무엇을 먹을지 고민하고, 밥을 먹는 것은 살아 있는 것 그 자체였다.

아버지가 처음 식사를 잘 못 넘긴다는 소리를 듣고 나는 곱게 간 추어탕을 사가지고 아버지를 방문했다. 아버지가 평소에 좋아하던 추어탕이 아버지의 식사에 큰 도움이 되리라 믿어 의심치 않았다. 아버지는 역시나 그것을 반가워하였으나 시원하게 먹지는 못하였다. 좀처럼 삼키지 못하고 입에서 우물우물거리다가는 표정을 살짝 찡그리며 뒤늦게 그것을 삼켰다. 나는 아버지가 잘 드시지 못한다는 것이 간병인의 엄살이 아니라는 것을 알았다. 그 추어탕을 마지막으로 아버지는 더는 밥을 먹지 못하였다.

병원에서는 식사로 나오는 반찬들을 다 곱게 갈아서 내주었다. 그것이 원래 무엇인지 알 수 없는 초록색과 주황색과 노란색 국물들은 원래는 밥이었던 하얀색 국물과 함께 반찬 그릇에 담겨 나왔다. 아버지는 나와 같이 있을 때 가장 식사를 잘했다. 나는 밥이었던 하얀색 국물 위에 반찬이었던 초록색이나 주황색 국물을 조금씩 섞어 한 숟가락씩 입에 넣었다. 그리고는 입에 그것을 담고 좀처럼 넘기지 못하는 아버지에게 소리쳤다.

"아버지! 드셔야 해요! 꾸울꺽! 드셔야 해요! 꾸울꺽!"

나는 온갖 몸짓과 함께 소리쳤다. 나의 소리가 우렁차서 아버지가 가장 식사를 잘했다. 그렇게 처음 한술을 삼키면 식사를 시작한 지 20분이 지나있었다. 나는 그다음 숟갈은 첫술에는 섞지 않은 노란색 국물이나 초록색 국물을 섞어 다시 아버지에게 드리고 소리쳤다.

"드셔야 해요! 드셔야 해요!"

그렇게 소리치는 1시간은 서글픔이 있었다. "드셔야 해요!"라는 소리는 "살아야 해요!"라는 소리침과 같았다. 아버지가 채 출생신고를 하기도 전에 배웠을 이 삼킴은 아버지의 삶이었다.

원래의 아버지는 가리는 것이 없이 다 잘 먹었다. 음식에 까탈스럽지 않은 것은 입맛인지, 아니면 차린 음식에 대해 탓하지 않는 집안의 분위기였는지 모른다. 그 분위기조차, 원래 그랬던 것인지 다른 집과 달리 밥을 하고 반찬을 할 사람이 적었던 우리 집의 사정 때문이었는지 모른다. 내 나이가 일곱 살 때 나에게는 엄마가 없었으므로, 나는 할머니 밥을 먹고 자랐다. 할머니는 매일 새벽 밥을 앉혀 나를 먹였지만 서울에 있는 아버지는 먹이지 못했다. 그러므로 혼자 사는 아버지는 밥을 해 먹는 것이 평생의 일이었다.

그런 아버지는 곧잘 요리를 했다. 절인 배추로 만드는 배추김치뿐 아니라, 뭔가 먹을만한 채소면 쉽게 버무려 김치를 만들었고, 집에 있는 몇 가지 양념이면 손쉽게 볶음 요리 같은 것들을 만들었다. 다만, 맛 이외에는 그다지 신경 쓰지 않는 아버지의 요리는, '잘 만들었다'는 느낌보다는 '먹어보니 생각보다 괜찮은데'에 가까운 것이었다. 그렇게 만든 음식은 가족이 모여 함께 먹지 않았다. 사춘기가 지나 같이 살게 된 스무 살, 스물한 살 아들딸은 함께 밥 먹는 것을 낯설어했다. 대신 아버지는 오징어볶음이나 카레 같은 것들을 해서 후라이팬에 담긴 그대로 가스레인지 위에 놓아두었다. 그러면 늦게 들어오는 내가 그것을 먹었다. 먹고 남은 것은 그대로 냉장고에 넣어두었다. 그리고 다음날에 아버지가 남는 것을 먹

168

었다. 때로는 하나도 손대지 않은 것을 먹었다. 그렇게 아버지는 조금의 대면도 없이 누나와 나를 먹였다. 무엇을 해도 먹어라 말하지 않았다. 다만 내가 먹는 이 반찬에 손댄 흔적이 없는 것을 보고 나와 누나가 먼저 먹기를 바라는 마음을 알았고, 아버지는 남은 반찬의 양을 보고 나와 누나가 무엇을 좋아하는지를 알았다.

그리고 나는 숟가락에 담긴 하얀색 물을 아버지에게 먹였다. 이것을 삼키지 못하는 것은 영원히 돌이킬 수 없는 회귀를 의미했다. 콩자반이 되었든 내가 남긴 오징어볶음이 되었든 아버지가 혼자서 밥을 먹었던 그 오랜 시간이 다시는 돌아오지 않는 것을 말했다. 나는 1시간이 넘도록 아버지에게 소리쳤고 아버지는 몇 술 드시지 못했으나, 우리는 병원에서 권하는 콧줄 대신에 1시간씩 소리 지르는 식사를 계속했다.

그리고 어느새 아버지가 콧줄을 하게 되었을 때, 아버지는 힘들어했다. 떨어진 인지력 덕분에 촉감도 둔해졌는지 어지간한 주사나 치료, 수술에도 큰 반응이 없었던 아버지는 콧줄을 갈 때만큼은 어려워했다. 투명한 플라스틱 호스를 별다른 처치 없이 식도를 지나 위까지 집어넣는 일은 마음 약한 누나를 엉엉 울게 만들 만큼 어려운 일이었다. 하지만 콧줄을 넣는 것만큼 슬픈 것은 이제는 더 이상 내가 아버지가 반가워할 무엇도 가져갈 수 없다는 것이었다. 이제는 금요일 저녁의 면회에도, 주말의 면회에도 더는 아버지에게 사 갈 것이 없었다. 어떤 물건으로도 아버지를 위로할 것이 없다는 것이 서글펐다. 퇴근하고 돌아오면 활짝 웃는 딸과 같이 아버지는 나를 보고 활짝 웃었다. 삶의 마지막에 이르러 아버지에게는 그토록 열심히 일해 모았던 어떤 것도 아닌, 나와 누나만이 남았다. 내가 가지고 있는 그 무엇도 아닌, 나만이 남았다. 그렇게 아버지는 저물었다.

나는 아버지가 돌아가시고 종종 아버지와 병원에서 함께 지냈던 시간들을 생각했다. 그것들은 대체로 먹는 일들이었다. 나는 1년 동안 아버지와 함께 먹었던 음식들을 하나하나 생각해 낼 수 있다. 아버지가 그것들 중 무엇을 기껍게 먹었는지, 숟가락과 젓가락을 끝없이 떨어뜨리면서 어떤 반찬들에 더 손이 갔는지를 기억할 수 있다. 아버지가 이른 새벽 냉장고에 남아있는 반찬의 양을 보고 내가 무엇을 좋아하는지 짐작하는 것과 같이, 나는 그제야 아버지가 어떤 음식을 좋아하는지 알았다. 이미 돌아가신 아버지가 좋아하는 음식은 아무도 궁금하지 않겠지만 나만은 평생을 기억할 일이다. 시한부의 1년은 짧다. 누군가는 금방 가버렸다고, 너무 일찍 가버렸다고 말할 것이다. 그렇지만 1년은 짧지 않은 시간이다. 아무도 궁금하지 않을 밥을 먹는 일이 있는 한, 1년은 짧지 않은 시간이었다.

3

다시 모든 것의
처음으로

아버지가 응급실에 갈 때마다 나는 생각했다. 마지막이구나. 아버지는 응급실에 갈 때마다 한 가지씩을 잃었고 그것이 낯선 나는 이내 마지막을 떠올렸다. 그렇게 몇 번의 마음의 준비를 하고 알았다. 마지막은 훨씬 더 느리게, 천천히, 오래 걸려서 찾아온다.

아버지가 삼키는 것을 잃어버리고 더는 콧줄 외에는 식사를 하지 못하게 되자 금요일 저녁의 면회에도, 주말의 면회에도 더는 아버지에게 사 갈 것이 없었다. 더는 내 손에 든 것으로 아버지를 위로할 것이 없다는 것이 서글펐다. 퇴근하고 돌아오면 활짝 웃는 딸과 같이, 아버지는 나를 보고 활짝

172

웃었다. 삶의 마지막에 이르러 아버지에게는 그토록 열심히 일해 모았던 어떤 것도 아닌, 나만이 남았다. 아주 잠시 나를 보고 반가운 눈빛을 보내고 이내 초점을 잃고 잠이 드는 아버지에게 나는 무엇이라도 말해보려 했다. 이제는 무엇을 말해야 할지 떠올리기가 어려웠다.

아버지가 초점을 잃은 어느 일요일, 병원 대신에 딸을 데리고 놀이동산에 갔다. 아이의 첫 놀이동산이었다. 그렇게 한 주의 면회를 거르고, 그다음 주말이 되어서야 아버지를 찾았다. 나는 아버지에게 놀이동산 이야기를 전하기가 미안했다. 아버지의 면회 대신, 이 어렵고 무거운 병실 대신, 환하고 즐거운 곳에 다녀온 것이 잘못인 것처럼 아버지에게 조용히 말했다. 아버지는 놀이동산 이야기를 듣자 잠시 시야가 환해졌다. 그 순간, 아버지는 나와 누나를 데리고 놀이동산에 갔던 어떤 순간으로 잠시 다녀왔다. 그 순간을 놓칠세라 몇 가지 질문을 더 던지자 아버지는 다시 시야의 초점을 놓고 잠이 들었다.

아버지가 점점 더 시야를 잃고 조는 시간이 많아졌을 때, 나는 여행을 계획했다. 카니발 한 대를 빌려 아버지를 차에 태우고 최대한 의자를 크게 눕히면 아버지는 금세 잠이 들 것이다. 그러면 대전까지, 아버지가 태어나고 자란 그곳까지, 수월하게 다녀오는 계획이었다. 푹 주무시길 바랐다. 그러나 아버지는 잠시도 눈을 감지 않았다. 오히려 잠시도 이 순간을 놓칠 수 없다는 듯이 눈을 크게 뜨고 창밖을 바라보았다. 옆자리에 지친 누나가 아버지에 기대 잠이 들었을 때에도 아버지는 잠시도 눈을 붙이지 않았다. 여행은 깊은 밤이 되어서야 끝이 났고 아버지는 손과 발이 차가운 채로 병원으로 들어갔다.

그날 밤 아버지는 다시 응급실로 실려 갔다. 흡인성 폐렴이었다. 그 후로 호흡기 내과에서 치료를 받고 아버지는 다시 퇴원했으나 아버지는 한 번 더 깎이고 말았다. 아버지는 말하는 것, 걷는 것, 삼키는 것에 이어 이제 숨 쉬는 것을 어려워했다. 다시 그렇게 몇 주가 지났을 때, 아버지는 다시 나빠지고 있었다. 나는 마지막이 얼마 남지 않았다는 것과 그리고 마지막은 더 느리게 온다는 것 모두를 알았다. 요양병원에서는 아버지를 다시 응급실로 내몰려고 했으나 나는 응급실을 거부했다. 대신 조용한 마지막을 준비할 호스피스를 찾았다. 이제는 정말로 아버지의 마지막이 가까이 있었다.

아버지의 마지막을 다시 생각하던 늦은 밤, 새벽 고속도로를 달려 어두운 밤 속에 아버지를 만났다. 나는 아버지에게 아무 말도 하고 싶지 않았고, 그저 아버지의 손을 잡고 몇 시간 있다 돌아왔다. 그렇게 다시 돌아오는 고속도로에서 나는 처음 아버지를 응급실에서 만나고 돌아가던 길이 생각났다. 그때보다 더 깊은, 더 진한 어둠의 터널을 지나갔다.

아버지가 더 어려워지자 나는 병원으로 갔다. 그리고 그곳에서 DNR, Do Not Resuscitate, 연명치료 거절에 대한 서명을 했다. 병원에서 먼저 말하고, 내가 그렇게 하겠다고 했다. 어린 딸이 좋아하는 병원 바닥의 노란색, 보라색, 녹색 가이드 선을 지나, 아버지의 병동을 찾아가는 걸음은 어려웠다. 살아있는 아버지의 죽음에 서명하는 걸음이었다. 길을 따라 서명하고 아버지를 보고 집으로 돌아왔다. 이대로 호스피스로 가는 것이 맞는지 생각하고 생각했다. 다음 날 새벽, 또다시 끝없는 기다림과 허무한 처방뿐이라도 다시 응급실로 가 보기로 했다.

새벽, 다시 응급실을 찾았다. 자리도 없이 복도에서 아버지를 누이고 기다렸던 다른 새벽들보다는 조금 빠르게 병실에 자리를 얻었다. 다만 그뿐, 기약 없는 기다림이 계속되었다. 아버지는 숨을 거칠게 쉬었고, 그 바람에 입이 바싹 말라 있었다. CT를 찍기 위해 물조차 마실 수 없는 아버지에게 거즈로 물을 축여 입을 닦아 드렸다. 물을 많이 축여 아버지의 입에 물이 꿀꺽꿀꺽 들어가게 했다. 거의 의식이 없던 아버지는 물을 마시자 잠시 초점이 돌아왔다. 나는 새로운 거즈를 구해 아버지의 입을 한번 더 적셔 드려야겠다고 생각했다.

아마도 한 5시간쯤 걸려서 CT를 찍었다. 그리고는 또 한참을 그저 기다리기만 할 것이다. 나는 여러 가지 생각을 "역시 대학병원은 오래 걸리네요. 뭐가 어떻게 되기야 하겠죠."

라고 간추려 아버지에게 말했다. 시간은 점심때가 다가왔고, 아무래도 모든 것은 오래 걸릴 모양이었다. 나는 아버지를 잠시 두고 지하 편의점으로 내려가 도시락을 하나 샀다. 도시락을 막 먹으려는데 응급실에서 전화가 왔다. 보호자 분이 올라와야 할 것 같다는 전화였다. 나는 먹으려던 도시락을 버리고 응급실로 달려갔다. 아무도 다급하게 나를 찾지 않았지만 달려갔다. 응급실에 도착해 아버지의 침상을 찾자 의사가 말했다.

"2023년 12월 5일, 오전 11시 55분 부로 사망하셨습니다."

나는 거즈를 생각했다. 한번 더 아버지의 입을 적셔 드리려고 했는데 그러지 못했다. 나는 뒤늦게 아버지를 끌어안았다. 조금 전까지 거친 숨을 몰아쉬던 아버지의 온기가 느껴졌다.

4

장례의
추억

아버지가 돌아가고 얼마 지나지 않아 부고를 받았다. 나는
내심 기뻤다. 장례식장의 향냄새와 곡소리, 소란 속에 숨겨
진 슬픔의 냄새를 맡고 싶었다.

장례식장에 가니, 과연 그곳은 슬픔이 깃들어 있었다. 그
곳은 화장장과 납골당이 장례식장과 모여 있는 곳이었다. 마
침 명절이 머지않아 납골당에 이르게 꽃 한 다발을 전하려는
성급한 사람들이 몇 있었다. 나는 산 사람으로 산 사람의 삶
을 살다가 오랜만에 죽은 사람들을 위한 곳에 오니 좋았다.
아버지는 산 사람의 장소에 있지 않고 죽은 사람들의 공간에
있었다. 매일 아침 출근을 하고, 커피를 마시고, 또 퇴근하

고, 주말의 계획을 세우다 이곳에 오니 위로가 되었다. 나는 아직도 아버지의 장례식장에서 멀리 나오지 못했다.

아버지의 장례식날, 나는 곧잘 농담도 건네고 밥도 잘 먹었다. 요즘의 장례란 상주가 잠도 푹 자고, 밤에는 돈통도 정리하며 보내는 행사인 것이다. 나는 3일장의 이틀을 빈소에서 잤다. 조문객들이 모두 떠나고, 친척들이나 가족들도 모두 떠나고, 나랑 아버지만 남아서 빈 향로를 채우는 시간이 좋았다. 자다 깨다 하며 빈 향로에 향 하나씩을 혼자서 채우는 것이 좋았다. 어린 시절 아버지와 함께 자는 것처럼 좋았다.

아마도 아버지가 은퇴하였을 때, 어디 아파트의 시설 관리 자리나 얻으려고 만든 궁색한 이력서와 이를 위한 증명사진이 있었다. 그 작은 사진은 몇 시간 만에 커다란 영정사진으로 만들어져 왔다. 장례에 이르러 AI의 눈부신 발전에 감탄했다. 첫 손주의 돌잔치에도 등산복을 입고 와서 나에게 한소리를 들은 아버지는 그 모든 증명사진도 다 등산복 차림이었지만 아버지의 영정사진은 버젓한 정장 차림이었다.

아버지의 영정사진을 처음 보았을 때, 너무 오랜만에 아프지 않은 모습이 반가웠다. 너무 흔한 말이지만, 이제는 아프지 않아서 좋았다. 마치 아버지가 건강해진 것만 같았다. 너무 오랫동안 아프던 모습을 보아 아프지 않았던 아버지가 불과 십몇 개월 전만 하더라도 있다는 것을 잊었다.

장례식장에서 아버지는 커다란 사진 속에서 환한 꽃장식 사이에 있었다. 아버지를 알던 사람도 아버지를 모르던 사람도 아버지를 한번 보고, 절을 하고 갔다. 아버지를 자주 보지 못한 사람들도 이날만은 아버지를 찾아왔고, 잊고 지내던 사람들도 아버지를 말하고 갔다. 아버지의 결혼식 이후로 이렇게나 많은 사람들이 아버지를 위해 모인 자리는 없었을 것이다.

마지막 장례식 밤에는 미리 짐을 챙겨야 했다. 다음 날 아침 일찍, 이 자리를 비워야 했고 옷을 벗어 반납해야 했다. 이틀밖에 지나지 않았지만 챙길 짐들은 적지 않았다. 마치 다음 날 일찍 공항으로 출발하는 여행의 마지막 날처럼, 마지막 밤을 분주히 정리했다. 그렇게 정리할 것은 정리하고 들어가 부족한 잠을 잘 사람들은 자러 가고 또 한 번 건강한 아버지의 영정사진과 나 혼자만 남았을 때, 이제는 정말로 아버지의 시간이 끝이 나는 것을 알았다. 이제 몇 시간 뒤면 아버지를 찾아온 수많은 손님들은 온데간데없고, 또 오랜만에 만난 가족과 친척들과도 헤어지고, 나 역시 집으로 돌아가 이제는 더 이상 주말에 아이를 데리고 아버지를 찾아갈 일도, 매일 점심 알람을 맞춰 아버지에게 전화할 일도 없는 것이다. 아버지가 아픈 1년 동안 아버지는 적어도 우리 가족들, 친척들 사이에서는 주인공이었다. 사람들은 아버지를 생각하고, 어느 정도의 의무를 가지고 있었다. 그리고 그 시간은 곧 끝이 나는 것이다. 이렇게 내가 아버지의 빈소 앞에서 잠을 깨다, 자다 하면서 몇 번의 향을 더 피우면, 더는 아버지의 시간이 아닌 것이다.

모든 마지막인 것들은 안타깝다. 지는 꽃들도, 지는 잎사귀들도. 그것이 그래도 꽤 많이 가까웠던 아버지라면, 더 많이 안타까운 것이다. 지난 시간 동안, 아버지는 어린 나를 데리고 참 많은 시간들을 보냈다. 하나같이 어려웠던 시간은 이제는 내가 기억하는 반쪽만 남았다가, 언젠가는 그 반쪽마저 사라질 것이다. 나는 종종 내 딸에게 할아버지 이야기를 할 테고, 그 이야기가 와닿지 않는 딸은 언젠가 나마저 사라질 때에나 한번 그 이야기를 생각해 낼지도 모른다.

아버지의 시간이 곧 끝이 난다. 아버지를 위해 노래를 불러주는 사람이 있으면 좋겠다고 생각했다. 옆에 빈소에서는 교회 사람들이 모여 노래도 부르고 하던데, 아버지의 종교가 따로 없는 것이 아쉬웠다. 나는 가사도 모르는 멜로디가 왠지 슬프고 좋아서 웅얼거리다 잠이 들었다.

다음 날 새벽, 버스를 타고 장지로 갔다. 버스 안에서 사람들은 부족한 잠을 잤다. 산 사람은 자야 한다고 했고, 나는 자고 싶지 않았다. 다시 버스를 타고 돌아와서는 검은 상복을 모아 실었다. 나중에 반납할 이 옷들이 하나라도 숫자가 맞지 않으면 변상해야 했다. 상복의 셔츠와 치마, 자켓과 저고리의 개수를 세면서 장례식은 끝났다. 아버지의 시간이 끝났다.

182

집에 돌아오니 어린이집에 갔던 딸이 돌아왔다. 이제 막 두 돌이 된 딸은, 시간의 여신이었다. 그녀는 해맑은 미소로 시간은 잠시도 멈출 수 없다고 말했다. 1시간, 1분, 1초를 쉬지 않고 삶을 사는 그녀는 삶과 시간의 여신이다. 슬픔은 시간이 흘려보낸다.

오래지 않아, 장례식이 또 있어서 반가웠다. 아직은 다 흘려보내지 못한 장례식의 추억이 그곳의 냄새로 남아있었다. 우거지 해장국을 반쯤 먹고 나오는 길에 쓸쓸한 추모담과 이르게 꽃을 들고 찾아온 몇몇과 상복을 입고 담배를 피우며 세상 이야기를 하는 이들이 있어 반가웠다. 그 모든 것들이 비슷하게 보였고, 이제는 지나간 장례를 추억하게 해주어 좋았다.

5

밤들을
헤아렸다

버릴 물건을 정리했다. 장례의 가장 마지막은 물건을 정리하는 일이다. 아버지가 매일 자고 일어나 밥을 해 먹던 집을 정리했다. 그 집은, 아버지가 1년 반 전 자전거 사고가 나던 그 시간에서 멈춰 있었다. 처음 아버지가 다쳤을 때 혹시라도 아버지를 다시 맞이할 일이 있을까 싶어 손대지 않던 습관은 아버지가 돌아올 수 없다는 것을 알게 된 이후에도 계속되었다. 1년 반 전의 시간으로 봉인된 그 집의 현관문을 열면, 시간은 얇은 먼지로만 쌓여 있었다. 여전히 자전거를 타고 나갔다가 곧 들어올 상태로 멈춰 있었다.

아버지의 침대, 아버지의 식탁, 아버지의 냉장고, 아버지의 세탁기, 아버지의 가스렌지를 이제는 치워야 했다. 가까운 중고업체는 이 모든 것들을 한 번에 가져가는 조건으로 매우 적은 가격을 불렀다. 큰 짐을 치우고 나면 작은 짐이 남는다. 작은 짐들은 끝이 없었다. 무언가를 쉽게 버리지 못하는 것은 아버지의 인생이 쉽지 않았기 때문일 것이다. 반대로 나는 끝없이 무언가를 버렸다. 누군가 버리는 사람이 있지 않으면 집은 곧 잡동사니로 가득 찰 것이라고 말했다. 그러나 이번에는 나도 쉽게 버리기 어려웠다. 이제는 더 무언가를 모으는 사람은 없고 버리는 사람만 남아있기 때문이다.

나에게는 앨범이 없다. 엄마 아빠의 결혼사진, 나의 돌 사진, 그리고 유치원 입학과 첫 소풍 사진 같은 것들이 모여있는 앨범이 없다. 기억에 그런 앨범을 본 적이 있다. 그곳에서 아빠는 엄마를 업고 있었고, 웃고 있었다. 그러나 어린 나는 그 앨범이 어디 갔는지를 물은 적이 없다. 어린 나는 그것을 당연히 여겼다. 내가 왜 엄마를 볼 수 없는지 묻지 않는 것과 마찬가지로, 앨범을 묻지 않았다.

어린 시절에 대해서 묻지 않는 것은, 그런 비슷한 소리만으로도 어른들이, 할머니와 할아버지가 속상하다는 것을 알기 때문이었다. 그리고 그것은 습관이 되었다. 누구에게도 묻지 않는 것. 내가 어릴 땐 밥을 잘 먹었는지, 어떤 반찬을 좋아했는지, 어떤 놀이를 좋아했는지를 묻지 않았다.

묻지 않았기에 나는 사주도 본 적이 없다. 내가 태어난 시간을 알지 못하기 때문이다. 주민등록번호는 나의 출생일을 기록했지만 시간은 기록하지 않았다. 할아버지에게도, 할머니에게도, 아버지에게도, 내가 몇 시에 태어났는지를 묻지 않았다. 나는 그것을 누군가 기억할 거라 생각하지 않았다. 할머니의 사랑은 아픈 몸으로 나에게 매일 아침밥을 차려주는 것만으로 충분했고, 내가 태어난 시간을 기억할 만큼의 의무는 없다고 생각했다. 그렇게 누구에게도 묻지 못한 채 모두 죽었다. 더는 물어볼 사람이 없었다.

버리지 못하는 아버지 짐을 정리하다 뜻밖의 물건을 찾았다. 대전시 중구 은행동의 방소아과의원에서 제작한 아기 수

186

첩이었다. 아기 이름에는 '한여름'이라고 쓰여 있었다. 1985년 12월 25일 오전 7시 35분에 내가 태어났다. 38년 만에 처음으로 내가 태어난 시간을 알았다.

뜻밖이었다. 이 쪽방에서 저 쪽방으로, 저 반지하에서 이 반지하로, 저 달동네에서 이 달동네로, 보잘것없는 이삿짐을 혼자서 꾸리는 중에 아버지가 1985년의 나의 출생 수첩을 아무도 모르게 평생을 가지고 다닌 줄을 몰랐다. 그는 그것을 끝끝내 죽을 때까지, 한 번을 말하지 않았다.

나는 아버지가 나에게서 중요한 사람일 거라고 생각하지 않았다. 내 생애에서 가장 나와 오래 함께 산 사람은 누나였고, 어린 나에게 밥을 먹인 건 할머니였다. 고모들과 작은어머니는 내가 입을 몇 안 되는 옷가지와 간식들을 사주었다. 아버지는 늘 말뿐이었다. 나는 아버지를 믿지 않았다. 아버지는 어린 나에게 곧 버젓한 책장이 있는 책상과 컴퓨터를 사줄 것처럼 말했지만 고등학교를 졸업할 때까지 책장이 딸린 책상은 없었다. 아버지가 가지지 못한 것은 별 볼 일 없는 것으로, 아버지가 가진 작은 것은 귀하고 대단한 것으로 말하는 아버지는, 취업 후 내가 사드리는 밥은 보잘것없는 것으로, 아버지가 농사지어주는 거친 나물이나 과일들은 대단한 것으로 말했다.

그러나 모르는 것은 나였다. 내가 사드리는 밥은 대단한 것으로, 아버지가 해놓은 오징어볶음이나 오뎅국은 보잘것없는 것으로 알았다. 아버지가 해놓은 오징어볶음이나 오뎅국의 무게를 헤아리지 못했다. 늦게 알았다. 아버지가 쪽방의 수돗가에서 나와 누나를 붙잡아 씻기는 것이 그렇게 쉽지 않은 일이었음을, 남보다 못하였더라도 남보다 어려운 일이었음. 그리고 또 알았다. 끝없는 행성 여행자인 내가, 어디에도 뿌리가 없는 내가, 끝없이 자신의 정체성을 흩뿌리고 떠돌 때에도 유일하게 돌아갈 곳이었던 것은 아버지뿐이었다는 것을. 아버지가 살던 어둡고 축축한 서울 어디의 쪽방에서 아버지가 끓여준 오뎅국을 먹었을 때 행복했고, 그 순간이 즐거웠으며, 그것이 즐거웠던 내가 진짜 나이고, 그것에만 오로지 나의 진실함이 남아있는데, 그것을 말로 하지 않아도, 설명하지 않아도 그 존재로서 내 삶의 진실을 말하는 사람은, 도대체 아빠였다는 것을 나는 늦게 알았다. 형편없는 아버지의 삶이야말로, 나의 삶이었다.

그는 고생했다고 말했지만 그의 삶을 오롯이 나와 누나를 키우는 데 다 썼다고 말하지 않았다. 나는 '아기 수첩'을 끌어안고 우주를 다녀왔다. 없을 것 같았던 나의 우주였다. 내 딸과 마찬가지로 나도 태어나서 누군가에게 소중했고, 누군가는 그 순간을 평생 간직했다. 내가 그것을 기억하지 못하더라도.

아버지는 끝내 아무 말도 하지 않았다. 세상에는 너무나 많은 말들이 있다. 이 글에도 너무나 불필요한 말들만 많이 있다. 무엇도 영원하지 않은데 이 글은 또 세상에 얼마나 많은 불필요를 더하는 것일까. 아무리 말해도 설명하지 못하는 것들을 아버지는 가지고 갔다. 나는 그것들 중에 일부를 간직하다가 내가 이 세상을 떠날 때에 보낼 것이다. 그중에 아주 일부는 흔적처럼 남아있다가 이윽고 그것도 사라질 것이다. 죽는 아버지 곁에 누워 나는 수없이 수많은 다른 밤들로 왔다 갔다 했다. 아버지는 없어서 많은 글들을 적었다. 아버지가 있는 한, 필요가 없는 말들이었다. 아버지가 없는 나는 글로 적고, 글과 함께 나는 어린 밤들을 헤아렸다. 엄마와 아빠와 작은 방과 수돗가와 김밥과 병실 속을 헤매었다.